とろとろと体

隅々まで愛撫

そしてそれは

逆鱗に口づ

「あ、わっ…

体温が一、二度

同時に今日はまだ触れられていない体の奥が疼く。

「このほうが、楽だろう」

龍王陛下と転生花嫁

龍王陛下と転生花嫁

天野かづき

23173

角川ルビー文庫

目次

口絵・本文イラスト／陸裕千景子

日の落ちた森は暗く、いくつか火の焚《た》かれた場所だけが、ぽかりと浮《う》かぶように明るい。

春の宵《よい》はまだ寒く、男たちは数人ごとに分かれて火を囲むように集まっていた。近くには何台もの荷馬車が停められている。

彼らはここから馬車で一ヶ月ほどかかるレン王国から来た商隊であり、荷馬車には多くの商品が詰《つ》め込まれていた。

森といっても、街道《かいどう》を少し逸《そ》れただけの場所だ。今夜はここで野営をすることになっている。国境の検問所まであと半日ほどの場所ということもあり、皆《みな》明日からの商《あきな》いについてや、入国する国についての話で盛り上がっていた。

その輪の一つに加わっているルーフェも、口を開かないまでも皆の話に耳を澄《す》まし、時折相《あい》槌《づち》を打つ。真剣《しんけん》に聞き入っていないと、すぐに思考は別のほうへと流れて行ってしまいそうだった。

「しかし、ようやくかぁ……」

しみじみとした調子で言ったのは、幼なじみのサユースだ。黒い髪《かみ》を短く刈《か》り込んだ、二十二歳の青年である。商隊の中では若いほうだったが、彼はこの商隊の隊長だった。

というのも、この商隊はアバッキオ商会という大きな商会のもので、サユース・アバッキオはその商会の跡取《あとと》りだからだ。

「先代からの悲願でしたからね。『龍《りゅう》の国』と商売するってのは」

三十代半ばほどの男がそう言うと、周りも頷《うなず》く。その顔はどれも、ようやくここまで来たという感慨《かんがい》と誇《ほこ》りに、輝《かがや》いているようだった。

『龍の国』とは、その名の通り龍族の暮らす国のことだ。大陸で最も広い土地を持ちながらも、国の名前はない。それは龍の国が人族の興《おこ》す国のできる遥《はる》か前よりそこにあるためだ。本来はその土地を住処《すみか》にしていたというだけで、国と呼んでいるのも人族の都合であり、龍族は自分たちの暮らす土地の周りで人族が群れ始めた、程度の認識《にんしき》しかなかったようだ。

あまり近付いてこなければ放《ほう》っておいてもいいだろうという寛容《かんよう》さで、龍族は土地を広げようとすることもなかったという。ただ、それに驕《おご》った人族が戦《いくさ》を仕掛《しか》けた際には、完膚《かんぷ》なきまでに叩《たた》き潰《つぶ》されたのは言うまでもない。

同時に龍族は人族の暮らしに大いに興味を持ち、文化を取り入れた。しかし、龍族に最初に文化を教えた国はとうになく、今は龍族がその古代の文化を継承《けいしょう》している。

何千年も続く国など龍の国をおいて他《ほか》にないため、仕方のないことだろう。龍族が滅《ほろ》ぼさずとも、人族の国は興っては滅びていくのだから。

ともかくその広く強大な龍の国は、人族にとっては中立地帯であり、この世界で最も安全な場所だ。龍族の望みもあって、人族との交易も盛《さか》んに行われている。とはいえ、交易が行えるのは、龍族の許可を得ることのできたものだけであり、それは国ごとに数を制限されている。

つまり龍の国で交易を行うまでには、まず人族の国――アバッキオ商会ならば、レン王国の審査《しんさ》に受かり、許可証を手に入れる必要があるのだ。

そして、アバッキオ商会では、サユースの父である三代目が治める今代になってついに、その許可証を手に入れることができたのである。

龍の国との交易権を得ることは、商売をする者にとっては何よりも誇らしいことだとされている。

当然、本来ならば今回の交易には三代目自らが足を運びたかったであろうし、そうする予定だったのだが……。

この旅が始まる直前、乗っていた馬車で事故が起き、三代目は怪我《けが》を負ってしまった。命に関《かか》わる怪我ではなかったが、旅に出るのはさすがに難しい。一枚の許可証で与《あた》えられる入国の期間は三ヶ月。長いようにも思えるが、広大な龍の国をぐるりと回ることを考えれば十分とは言えない。怪我人に合わせてのんびりと回ることなど、そのために負うであろう損失を考えればできるはずもない。

そこで急遽《きゆうきよ》代表者として立ったのが、後継者であるサユースだった。

サユースはまだ若く、甘いところもあるが、商才も度胸もある。

補佐《ほさ》として、三代目の右腕《みぎうで》であるホランドという男がついてきているが、それでも隊長をサユースにしたのは、この機会にサユースに成長して欲しいという親心だろう。

「龍の国か……どんなところだろうな？　やっぱり、建物がみんなでかいのかな？」

そう言った仲間に、別の仲間がそんなわけあるかと笑う。

「龍族っていっても、龍の姿になることはめったにないんだろう？　人族と変わらん姿で建物だけでっかくても不便なだけじゃねぇか」

「それもそうか」

笑われた男は、その言葉に納得《なっとく》したように頷く。

実際龍族というのは、普段《ふだん》は人と見分けのつかないような形態を取っている。それでも王宮は、突然《とつぜん》龍の姿になっても問題がないほど大きいけれど……。

ついそんなことを考えたルーフェの耳に、別の男の声が飛び込んでくる。

「龍王様の番《つがい》って、人族だって話だもんな」

ルーフェは、その言葉に身を強《こわ》ばらせた。

「悲恋《ひれん》だよな。あの話、うちの妹が大好きでさ」

「ああ、俺の姉さんもだよ。芝居《しばい》になるたびに見に行ってるぜ。冷酷《れいこく》な王だって話なのに、番が生まれ変わるのを二百年も待ってるなんて健気《けなげ》だってよ」

女はそういうのが好きだよなと、笑う。

それは、実際とても有名な話だ。非常に冷酷であることで知られる龍王は、人族の番を亡《な》くしたのち、番を持たないまま二百年もの間、最愛の番が再び生まれてくるのを待っているという。

「本当の話なのかね？」

「さぁてな」

「王妃《おうひ》様がいないのは事実らしいが」

「番にと勧《すす》められた龍を、八つ裂《ざ》きにしたんだろう？」

「よほど、二百年前に亡くなったという番を愛していたんだろう。純愛ってやつだ」

「どれだけいい女だったんだろうな？」

「そりゃあ絶世の美女に違《ちが》いない」

色っぽい女だろうと言う男に、精霊《せいれい》の如《ごと》く清楚《せいそ》な少女かもしれんと反対意見が出る。

それを聞きながら、ルーフェは眉《まゆ》を顰《ひそ》めてため息をかみ殺す。

龍の王の番は確かに人族の女だったが、どこにでもいるような平凡《へいぼん》な女だった。二百年も愛され続けているなどという話もばかばかしいとしか思えない。

――そんなわけがない。

ルーフェはそのことをよく知っていた。

実のところ、ルーフェには前世の記憶《きおく》がある。そして、その龍王の番こそがルーフェの前世なのだ。

もちろんこんなことは誰《だれ》にも言えないし、ルーフェ自身これが自分の妄想《もうそう》ならばどれだけいいだろうかと思う。

だが、少なくともルーフェの中に、その記憶は間違いなく存在する。

ルーフェ――いや、前世ではリンファという名だった少女は、十二のときに娼婦《しょうふ》だった母親を亡くし、宿屋を営んでいた伯父《おじ》夫婦《ふうふ》に引き取られた。そして、旅の途中《とちゅう》だった龍の国の王太子、白明《はくめい》と出会ったのだ。

今は王となったその男は、リンファを自分の番だと言い、金と引き換《か》えにリンファを龍の国へと連れて行った。だが、白明はリンファを連れて行ったにもかかわらず、王龍――龍の王族である自分の番が人間であったことが認められなかったらしい。王宮の奥にリンファを閉じ込めると、顔も見せなくなってしまった。そうして一人でいるうちに、リンファは白明に懸想《けそう》する龍によって殺されたのだ。

単に番であったというだけで、愛されていた、などという事実は一切《いっさい》なかった。一体どうしてそんな話になったのだろうと不思議に思う。

当然二百年も待たれているはずなどないし、嘘《うそ》に決まっている。単に後添《のちぞ》えを持たないでいるだけのことだろう。

待たれているなど、考えただけでもぞっとする……。

「ルーフェは昔からこの話嫌《きら》いだよな」

浮《う》かない顔をしていたのだろうか、番の容貌《ようぼう》について言い合っている仲間達を放って、サユースがそっと声をかけてきた。

苦笑《くしょう》を浮かべるサユースに、ルーフェもまた苦笑を返す。無意識に胸元《むなもと》を撫《な》でていた手を下ろし、きゅっと握《にぎ》る。

「――――緊張《きんちょう》しているか？」

話を逸《そ》らそうとしたのか、そう訊《き》かれたことにほっとしつつ、ルーフェは頷く。

「通訳なんて、上手《うま》くできるか自信がないから……」

それは、半分は嘘だったが、半分は本当だ。

ルーフェは男爵家《だんしやく》の三男だが、次男以下は自分で身を立てる必要があるため、幼なじみのサユースの家であるアバッキオ商会で働いている。

ルーフェの家は爵位こそあるものの貧乏《びんぼう》で、サユースの家は平民だが金持ち。そのせいもあってか、身分や境遇《きょうぐう》の差などに関係なく仲がよく、四つ歳上《としうえ》のサユースをルーフェは実の兄と同じように慕《した》っていた。兄弟のいないサユースも本当の弟のように、ルーフェをかわいがってくれている。その仲のよさは、ルーフェが女だったらサユースの嫁《よめ》に取ったのにと、サユースの両親も言うほどだ。この件に関しては、もちろん冗談《じょうだん》だと流しているものの、正直前世のこともあり、冗談でも言わないで欲しいとは思っているけれど……。

それを除けば、アバッキオ家とルーフェの関係は、非常に良好であり、商会の従業員の中でもかわいがられているほうだろう。

そのアバッキオ商会に以前、龍族《りゅう》の客がやってきたことがあった。

ルーフェは前世の記憶から龍の国の言葉を知っていたため、うっかりレン王国の言語を知らないその客を助けてしまったのだ。自分でもうかつだったとは思う。

そのせいで、こうして龍の国に商売をしに行くという商隊に組み込まれることになってしまったのだから……。

本来は、別の通訳がつく予定だったのだ。先代からの悲願である交易だ。それくらいの準備は当然してあった。だが、不運なことに、三代目が事故に遭《あ》った馬車に、その通訳の男も乗っていたのである。

もちろん、最初は無理だと断った。他《ほか》を探して欲しいと。けれど、どうしてもと言われては勤め人としても、世話になっているという義理からしても断り切れるはずもなかった。その上、同じように突然大役を担《にな》うことになった幼なじみに頭を下げられては、腹をくくるほかないというものだ。

「俺も緊張してるよ。本当は親父《おやじ》が一番、ここにいたかっただろうなと思うとさ」

「……うん」

「でも、楽しみでもあるんだ。俺も龍の国にはずっと行ってみたかったし」

「そうだよね」

龍の国には全《すべ》ての文化の粋《すい》が集まってくる。本来ならばその国の王族しか手にできないような最高級の品が、一堂に会する場だ。商人ならば誰もが足を踏《ふ》み入れることを望んでいる。

子どもの頃《ころ》からずっと、祖父や父のような商人になるのだと言っていたサユースが、この機会を喜ばないはずがない。緊張と同じくらい、期待も高まっているのだろう。

「突然こんなことになって、ルーフェも不安だろうけど、俺もできる限り力になるから、何かあればすぐ言ってくれよ」

「……ありがとう。頼《たよ》りにしてる」

サユースの言葉に、ルーフェは微笑《ほほえ》んで頷《うなず》く。サユースの気持ちをありがたいと思っているのは本当だ。

実際は、通訳云々《うんぬん》で緊張しているわけではないのだけれど……。

ルーフェが不安なのは、龍の国に足を踏み入れること、そのものに対してだ。単に商売に行くだけ、王に対面する機会などあるはずもないし、入国した程度で見つかるはずもない。そもそも今は男なのだから、自分が前世はリンファだったなどと気づかれるはずもない。

そう思っているのに、そこに近付いていること自体が不安で、胸が塞《ふさ》ぐ。もっと言えば、恐怖《きょうふ》を覚えている。

しかし、今更《いまさら》引き返すこともできないというのは、分かっていた。

そうして話をするうちに徐々《じょじょ》に夜は更《ふ》け、明日に備えて休むことになった。見張りは護衛役の者たちが交代でしてくれるため、ルーフェも安心して毛布にくるまったのだが……。

夜中にふと目を覚まし、ルーフェは辺りをうかがった。

見張りが二人起きているだけで、あとは皆《みな》寝《ね》ているようだ。しんと静かな空気の中、ルーフェはそっと毛布を剝《は》いで立ち上がる。

見張りの男に、用を足してくると小声で告げて野営地を離《はな》れた。

まだ夜明けには遠いようだと思いつつ、用を足すと、ルーフェは小さくため息を吐《つ》く。

すぐに戻《もど》って寝るつもりだったが、すっかり目が冴《さ》えてしまっている。明日のことが不安なせいかもしれない。

月の明るい夜だったこともあり、ルーフェは少しだけ近くを散策することにした。もちろん、そう離れるつもりはない。とはいえこの辺りは、龍の国に近いこともあり、魔獣《まじゅう》や、危険な動物がいないことも分かっていた。龍という存在自体が抑止力《よくしりょく》になるのだと言われており、そういった意味でも、龍の国は安全な土地なのである。

だが……。

不意に月が陰《かげ》った気がして、ルーフェは顔を上げる。雲でもかかったのだろうかと、そう思って。しかし顔を上げると同時に強い風が吹《ふ》き、ルーフェは片手で顔を庇《かば》うようにしてぎゅっと目を閉じた。

風がやんだ直後、がさりと下生えの揺《ゆ》れる音がして、目を開ける。

「――……！」

月明かりの下に現れた人影《ひとかげ》を見て、ルーフェは大きく目を瞠《みは》った。

単に突然人が立っていたからというだけではない驚《おどろ》きが、ルーフェの体を震《ふる》わせる。

まるで月明かりを反射しているかのように、その男はぼうっと光って見えた。

白く長い髪《かみ》、ぞっとするほど整った相貌《そうぼう》。見開かれたその瞳《ひとみ》が月そのもののような金色であることをルーフェは知っていた。

どうして、こんなところに……。

「リンファ……」

呼ばれた名に、ぞわりと鳥肌《とりはだ》が立つ。逃《に》げなければと思うのに、足が動かない。カチリと奥歯が鳴って、ルーフェは自分が震えていることに気づいた。

落ち着かなければと、自らに言い聞かせる。そして、男が一歩踏み出した途端《とたん》、ルーフェは弾《はじ》かれたように踵《きびす》を返した。

だが、足の震えまでは抑《おさ》えられず、走ろうとしたのに力が入らない。そんなルーフェを、男は背後から易々《やすやす》と捕《と》らえた。

「リンファ……！」

息も止まりそうなほど強く抱《だ》きしめられて、ルーフェは恐慌《きょうこう》状態に陥《おちい》りそうになりながらも、必死で頭《かぶり》を振《ふ》る。

「っ……な、なにを……ひ、人違《ひとちが》いです……っ」

「何を言う……間違えるはずがない……っ」

男はまるで感極《きわ》まったかのように、掠《かす》れた声でそう言う。

こんな声、聞いたことがない。男はいつも、どこか突《つ》き放したような淡々《たんたん》とした声か、嘲笑《ちょうしょう》や怒《いか》りを含《ふく》んだ声で言葉を投げてきた。

この腕《うで》もそうだ。こんなふうに抱かれたことは一度もない。むしろ触《ふ》れることすら忌《い》ま忌ましいというようだった。

なのに、なんだこれは？　一体、何がどうなっている？

「違う……っ、そんな名前知らないっ、放して、放してください！」

訳が分からず、ただひたすらルーフェは違うと否定し、放してくれと請《こ》うことしかできない。そうしながら、その腕から逃《のが》れようと身を捩《よじ》る。

「違うはずがない！　番《つがい》の気配を間違えるわけがない」

男はそう言うと一度腕を緩《ゆる》め、ルーフェの肩《かた》を引いて正面から相対する。そして、ルーフェのシャツに手をかけると、首元のボタンを引きちぎるようにして胸元を露出《ろしゅつ》させた。

「何を――」

「ああ、やはりそうだ」

そう言われた途端、男の視線がどこに向いているか気づいて、ルーフェはまさかと思う。

「間違いない。これこそ、番である証《あかし》」

男の形のいい唇《くちびる》が、うれしげに弧《こ》を描《えが》き、男らしく骨張っていながらもどこか優美な指がルーフェの胸にそっと触れた。

そこには、まるで滴《しずく》を逆さにしたような……鱗《うろこ》のようなものが一枚、肌《はだ》に張り付いている。

それは、ルーフェが生まれたときからそこにある、奇妙《きみょう》な印だ。

嫌《いや》な予感はあった。どうしてこんなものがあるのだろうかと……。龍の呪《のろ》いなのではないかと思うこともあったが、剝がすことも傷つけることもできず、結局そのままにするしかなかった。

これが、番の証？

「嘘《うそ》だ……っ、だって、こんなものリンファには……」

なかった、と口にしそうになって、あわてて口を噤《つぐ》む。だが、どう考えても遅《おそ》かった。

男の目が、うれしげに輝《かがや》く。

「ああ、そうだ。これはリンファが死んだのちに与《あた》えた。生まれ変わったあとに見失わぬ為《ため》のもの。生前のリンファには確かになかった」

もう何を言っていいか分からず、ルーフェはただ頭を振る。

けれど、もう分かっていた。

自分はまた、この男に――龍王《りゅうおう》、白明に捕《つか》まったのだと……。

「リンファ……」

白明は震える声でその名を呼び、ルーフェの唇に口づける。

「や……っんっ、ん……ぅ」

首を振って逃れようとしたが、頤《おとがい》を押さえられ、再び塞がれた。

「んっ……ふ…ぅっ」

執拗《しつよう》な口づけに、頭がくらくらする。容赦《ようしゃ》なく入り込んできた舌が、ルーフェの逃げようとする舌を搦《から》め捕《と》る。

白明はそうして口づけながら、ルーフェを薄《うす》い下生えの上に押し倒《たお》した。

前世と今世を合わせても、ルーフェは誰《だれ》かと口づけをしたことはない。もちろん娼館《しょうかん》で育ったリンファは性の知識はあったし、ルーフェとて年頃《としごろ》の男として、サユースや年の近い友人たちとそういった話をしたことがないわけではなかった。

だが、結婚《けっこん》を考えるにはまだ少し早かったし、そもそもルーフェは結婚に対して懐疑《かいぎ》的だ。もちろん、前世の記憶《きおく》のせいである。さらに前世が女性だったせいで、女体《にょたい》の神秘に対しての興味も薄く、娼婦だったリンファの母を思えば、結婚前に娼館で女遊びをする気にもなれなかった。

だから、実際の行為《こうい》には縁遠《えんどお》く、もちろん自分より体格もいい、力も強い男に押し倒され、覆《おお》い被《かぶ》さられたときの対処法など持ち合わせていない。

ようやく唇が離れたというのに、呼吸をするのに忙《いそが》しく、抵抗《ていこう》の一つもできなかった。もっとも、龍が相手では抵抗などするだけ無駄《むだ》だろうけれど。人と同じ姿を取っていても、本性《ほんしょう》はあくまで龍なのだ。

白明の手が、息も絶え絶えになっているルーフェの、シャツのボタンを外していくのが分かった。ルーフェの服はごく普通《ふつう》のシャツとズボンだ。眠《ねむ》るときに脱《ぬ》いで肩に掛《か》けていた上着は、たき火の近くに置いてきてしまったし、シャツのボタンのいくつかは先ほど引きちぎられてしまった。二つ三つ外されただけで、あっさりとシャツの前は開かれる。

開かれた胸元《むなもと》に、白明が唇を寄せる。

「あぁ……っ」

何が起きたのかと思った。唐突《とうとつ》に、胸元から熱が湧《わ》き上がり、指の先まで流れ込んでいく。

白明が満足気に自分を見下ろしているのが分かった。

「何、した……」

「久方ぶりに会った自分の一部に挨拶《あいさつ》をしただけだ」

「どういう……んぁっ」

どういう意味かと問おうとした口から、濡《ぬ》れた声が零《こぼ》れたのは、白明の手が胸元を撫《な》でたからだ。

「あ、んぅ……っ」

白明が胸元に顔を近付け、再び唇を落とす。だが、今度の狙《ねら》いは胸の中心ではなく、外気の冷たさゆえか、先ほどの熱のせいなのか、つんと尖《とが》ってしまった乳首《ちくび》だった。

そのままちゅうっと音を立てて吸われて、どうしてそんなところをと思うけれど、じわりと広がる快感にぎょっとする。リンファだった頃ならともかく、今は男だというのに、そんな場所で感じているという羞恥《しゅうち》に頬《ほお》が熱くなる。

いつの間にか、白明の手がズボンへと伸《の》びていた。手はあっさりと腹の前で結んである紐《ひも》をほどき、ズボンの中へと潜《もぐ》り込むと、太股《ふともも》に直接触れる。

「や、ぁっ」

抵抗しようと身を捩ったが、やはり白明の手を拒《こば》むほどの力はないと思い知らされるだけだった。

「ん……ぅっ」

再び舌を吸われ、そちらに気を取られているうちに、足を撫でていた手が内股を辿《たど》り、さらに上へと向かう。

「んっ、ん……！」

まだ柔《やわ》らかいものを、下着の上から手のひらでゆっくりと撫でられた。どうしてこの男はこんなに迷いがないのかと思う。いくら自分がリンファの記憶を持ち、番の証とやらを持っていても、性別は男である。

多少は躊躇《ちゅうちょ》があってもいいと思うのだが……。

だがそれは、自分も同じだった。こんなのは嫌だと思うし、白明に好きに扱《あつか》われたくないと思う。なのに、そんな気持ちとは裏腹に、白明の手の中にあるものは少しずつ芯《しん》を持ち始めていた。

「感じているな」

「ち、ちが……っ」

ゆるゆると頭を振る。だが、実際には白明の言うとおりだった。

「ひ、あぁっ」

白明の手が、下着の中に入り込んでくる。

直接手で包むようにして上下に扱《しご》かれて、確かにそこが先ほどより硬度《こうど》を増していると認めざるを得なくなる。

「ん、は…っ、ああ……っ」

くびれから先端《せんたん》にかけて、何度も指でなぞられて、白明の手の中のものがますます固くなっていく。

「濡れてきたぞ」

「ああっ……や…ぁっ、だ…め…っ」

手の動きが、ますます激しくなる。堪《こら》えようにも力の入らない体ではどうしようもなく、ルーフェはあっさりとイカされてしまった。

「は…っ…は…ぁ」

ようやく白明の手が離《はな》れる。けれど、そのことにほっとする間もなく、ズボンを下着ごと引き抜《ぬ》かれ、力の入らない左足をぐいっと持ち上げられた。

「や……も、やめ……っ」

何をされるのか、分からないはずがなかった。男なのに嘘だろうという気持ちもあるけれど、そのことで白明がためらうことなどないのだと、もう思い知らされている。

ルーフェの零したもので濡れた白明の指が、足の奥へと触《ふ》れる。

「あ、あっ」

指が中に入り込んでくる。痛みはなかった。そのことが不思議だったが、疑問を口にするだけの余裕《よゆう》はない。

すぐに三本まで受け入れさせられたが、それでも痛みを感じることはなかった。それどころか……。

「あ、やだ…っ……だめ…っ」

自由に中を動き回る指で内側を刺激《しげき》されて、イッたばかりの場所がピクピクと反応してしまう。

「ど、して……っ」

こんなのはおかしいと頭《かぶり》を振《ふ》るルーフェに、白明は笑う。

「そなたの体が、俺を求めているのだ。欲しがって、柔らかく締《し》め付けているだろう？」

「ちが……っ、あぁっ」

指を深くに突《つ》き入れられて、否定しようとした口から、濡れた声が零れた。悔《くや》しさに涙《なみだ》が滲《にじ》むけれど、自分の体がおかしいのは確かで……。

白明の言うとおりだった。指が動くたび快感が湧き上がり、そこをきゅうきゅうと締め付けてしまう。

どうしてそんなことになっているのか分からず、心は恐怖《きょうふ》すら感じているのに、体は燃え上がるばかりだった。

「本当はもっとゆっくりとかわいがってやりたいが……」

ずるりと指を抜かれ、一度足を下ろされて、ルーフェは予感に怯《おび》えた。

やがて白明の手が、ルーフェの両足を高く持ち上げる。

「や……やめて……」

押し当てられたものの熱に戦《おのの》き、息を呑《の》んだ。

「――最初から、こうしておけばよかった」

「やだ……あ、ああ……！」

ぐっと強く押し当てられて、先端部分が中へと潜り込む。

そのままずるずると、指の届かなかった奥まで押し開かれていく。

「や、だめ……っ、抜いて……ぇっ」

嫌《いや》だと頭を振り、白明の体を押し返そうと手を伸ばす。けれど、白明は止まらなかった。

「は…っ…は…ぁっ」

結局、一番奥まで入れられて、苦しさと快感に浅い息を繰《く》り返す。

「ようやく、そなたを……」

いつの間にか零れていた涙のせいで、視界が滲む。その、滲んだ視界を塞《ふさ》ぐように、白明が覆い被さってきて、キスをした。

しばらく、そうして口づけを繰り返しながらただ抱《だ》きしめられていたが、やがて白明はゆっくりと体を起こした。

足を抱《かか》えなおされて、ルーフェは嫌だというようにゆるゆると頭を振る。だが……。

「そろそろ動くぞ」

「やっ……あっ」

ゆっくりと抜き出されて、ぞくぞくと快感が背筋を震《ふる》わせる。そして、すぐにまた入り込んできたものに最奥《さいおう》を突かれた。

「あ、あ、あぁ……っ」

繰り返し奥を突かれるたびに、痺《しび》れるような快感が沸《わ》き起こり、声が零《こぼ》れる。自分の体はどうしてしまったのだろう?

「やっ…あっあっ……っ」

気持ちがよすぎて、腰《こし》から下が溶《と》けてしまうような気さえする。自分は間違《まちが》いなく男であり、こんな行為《こうい》も初めてだというのに……。

「も……だめ……ぇっ」

自分でも恥《は》ずかしくなるような濡《ぬ》れた声を零して、ルーフェは前に触れられることなく、二度目の絶頂を迎《むか》えた。

「あ……あ…」

ぎゅっと締め付けた場所を白明のものが何度か擦《こす》り、やがて一番深い場所に押しつけるようにして中を濡らした……。

◆

赤い。

高い天井《てんじょう》へと伸《の》びる柱の色。広く取られた窓の為《ため》、室内は空虚《くうきょ》な明るさで満ちている。

窓の外の庭は、いつも美しく整えられていた。

丁寧《ていねい》に遇《ぐう》する必要などないだろうに。

あの人は、自分のことなど何も気にかけていないのだから。手の中にあった楽器の弦《げん》をいたずらに爪弾《つまび》く。

——どうして自分はここにいるのだろう。

求められて連れられてきたはずだった。ようやく自分の居場所ができるのだと、そう思った気がする。

それすらも、もう遠い。

期待する気持ちも、とうにない。

やはりそうだったと、そう思うだけ。ここでも自分は必要ではなかった。

ただ、それだけのことなのだ。誰《だれ》かに望まれることなど、自分のようなものにはあり得ない。

そんなこと、分かっていたではないか。

弦が切れる音に、視線を落とすと、そこも随分《ずいぶん》と赤くて……。

ああ……そうだ。

こぽりと、なにかが零れる。口元が濡れる。

ああ、手のひらも全《すべ》て、赤い。

――これは、自分の血の色だ。


「っ……」

ハッと目を開ける。

心臓が早鐘《はやがね》を打っていた。ルーフェは一瞬《いっしゅん》、自分がどこにいるのか――いや、自分がルーフェであることすら分からずに混乱する。

けれどすぐに、今見たものがリンファだった頃《ころ》の夢だということに気がついて、そっと息を吐《は》き出した。そして、自分がどうしてそんな夢を見たのかを思い出し、身を強《こわ》ばらせる。

おそるおそる、寝台《しんだい》の上に身を起こし、横を見ると、そこには男が一人眠《ねむ》っていた。

一瞬で昨夜の出来事が脳裏《のうり》を駆《か》け巡《めぐ》り、血の気が引く。森の中で出会い、自分がリンファの生まれ変わりであると見抜かれたこと、強引《ごういん》に体を暴《あば》かれたこと……。

ルーフェは薄暗《うすぐら》い室内に視線を向ける。今は暗くて分からない、天井に伸びる柱の色が赤であることをルーフェは知っていた。

おそらくここは、王宮の中だろう。気を失っている間に連れてこられたに違いない。リンファが閉じ込められていた部屋よりは広い気がするが、何せ前世のことだ。そこまで明確に覚えているわけではない。

だが……。

ゆっくりと、寝台を揺《ゆ》らさないよう細心の注意を払《はら》いながら、ルーフェは床《ゆか》に下りる。あんなことをされたあととあっては、さすがに体調が心配だったが驚《おどろ》くほどなんともない。もともと怪我《けが》や病気とは縁《えん》がないのだが、今はそれがありがたかった。これならば問題なく走れそうだ。

とにかく今は、ここから逃《に》げなければならない。考えることはあとからでもできる。再び前世のように閉じ込められるのはごめんだ。

裸足《はだし》のまま、ルーフェはじりじりと寝台を離《はな》れる。石造りの床はひんやりと冷たい。ルーフェは廊下《ろうか》に続くと思われる扉《とびら》ではなく、窓へと近付くと、分厚いカーテンをそっと開けて庭を見る。外はすでに明るかったが、人の気配はない。

ルーフェは迷うことなく窓を開け、庭へと下りた。下生えを踏《ふ》み、木立の陰《かげ》に隠《かく》れる。

だが、ここからどう動けば外に出られるのか、見当もつかない。王宮という場所柄《ばしょがら》、下手《へた》に動き回って捕《つか》まったら、不審《ふしん》人物として始末される恐《おそ》れもある。何せ前世もここで死んでいるのだ。不安は尽《つ》きない。

だがそれでも、あの男のそばにいるよりも不吉《ふきつ》なことなどないはずだ。ルーフェは内心震えながらも、とにかくここから離れようと歩き出した。

しかし――。

「どこへ行くつもりだ？」

「っ……」

前触《まえぶ》れもなく、背後から腕《うで》を摑《つか》まれてルーフェは息を吞《の》んだ。咄嗟《とっさ》に腕を振《ふ》り解《ほど》こうと藻掻《もが》きながら背後を見る。そこには白明が立っていた。

「放してください……っ」

「リンファ――」

「俺はそんな名前じゃない！」

叫《さけ》ぶように言ったルーフェに、白明が目を見開く。

「……すまなかった」

ルーフェは白明が謝罪を口にしたことに驚いて、呆然《ぼうぜん》とする。まさか、龍王《りゅうおう》である白明が、自分のような人間に謝ることがあるなど、考えたこともなかったのだ。少なくとも前世では、ただの一度もなかったことだ。

「そなたの名を、教えてくれ」

「……ルーフェ」

反射的にそう口にしてしまったのは、それだけ衝撃《しょうげき》が大きかったせいだった。咄嗟に、しまったと顔を顰《しか》めたけれど、零れてしまった言葉が戻《もど》ることはない。

「ルーフェ、そんな格好では体が冷える。部屋に戻れ」

確かに、自分が身に纏《まと》っているのは、夜着らしき薄物一枚で、本来ならば外に出られる格好ではなかったし、朝の冷たい空気は肌《はだ》を冷やしていた。けれど……。

「……俺が戻るべきは、あの部屋ではありません」

硬《かた》い声でそう返したルーフェの腕は、未《いま》だ白明の手に握《にぎ》られたままだ。このまま引き摺《ず》られれば、逆らうことなどとてもできないほどの力の差があることは明白だった。それでも、頷《うなず》くことなどできない。

「ルーフェ……。そなたを無理矢理《むりやり》奪《うば》ったことは謝る。今後はそなたがいいと言うまで手を出さぬと約束しよう。頼《たの》むから、そばにいてくれ」

懇願《こんがん》するような言葉に、ルーフェは胸の奥から激しい怒《いか》りが湧《わ》き上がるのを感じた。

「どうして……」

息が詰《つ》まるような苦しさを感じながら、口を開く。

「どうして今更《いまさら》そんなことを言うのです!?　私のことなどどうでもよかったのでしょう？　矮《わい》

小《しょう》なる人の子を番《つがい》だとは認められないとおっしゃったではありませんか！　私が誰のせいで殺されたと思っているのか……！」

それは、おそらくルーフェの言葉ではなかった。リンファの慟哭《どうこく》だった。自分の中にいる、リンファという存在が叫んでいるのだ。

見いだされた日に胸に宿った希望。それを踏みにじられた絶望。請《こ》われたはずなのに取るに足らぬとされ、捨て置かれた羞恥《しゅうち》と惨《みじ》めさ。そして、殺された痛み。

本当ならば、リンファがぶつけたかった言葉だろう。きっと、なぜと、どうしてと……この男を詰《なじ》り、怒り、罵《ののし》ってやりたかったに違《ちが》いない。

リンファは何も口にせぬままに、殺されてしまったけれど……。

「……ルーフェ」

燃えるような怒りを言葉に乗せ、肩《かた》で息をするルーフェを、白明の金色の目が見つめている。

ルーフェは何も言えないまま、ぼんやりと白明を見つめ返す。感情を爆発《ばくはつ》させたあと特有の、虚脱感《きょだつ》があった。だが、口にしたことは全て本心であり、不敬だと処されたとしても後悔《こうかい》はない。

だが……。

白明は、その場に跪《ひざまず》くと、ルーフェの手に額を押しつけた。

「全て自分が悪かったのだ。本当に、すまなかった」

そして、絞《しぼ》り出すような、苦悩《くのう》と後悔に満ちた声でそう告げる。

「いくら詰っても構わない。それだけのことをした。だが、今度は……今度こそは、俺がそなたを必ず守る。この世の何よりも大切にする。リンファにしたことが許されるとは思わないが、少しでも挽回《ばんかい》させて欲しい。そのためにも、どうしてもここにいて欲しいのだ」

「……そんなこと……言われても」

ルーフェは酷《ひど》く困惑《こんわく》し、同時に疑念を抱《いだ》く。一体何を企《たくら》んでいるのかと、そう思ってしまう。さすがに、白明の言葉をそのまま鵜呑《うの》みにすることなどできなかった。信じるには、前世の記《き》憶《おく》は重すぎたのだ。

「……そなたが、それでもどうしてもここにいられないと言うなら、俺がそなたについていこう」

「……は？」

何を言われたのか分からず、ルーフェはぱちりと瞬《しばたた》く。

俺がそなたに？　ついていこう？

それはつまり、白明が自分についてくるという……。

「そ、そんなのだめに決まってるでしょう！」

一国の王、しかも龍の国の王がずっとついてくるなんて、どう考えても大問題になる。

龍王というのは、ただの王ではない。地上で最も強大な国の王であり、個人としても敵《かな》うものなどいない、比類なき力を持っているのである。

それが四六時中自分のあとをついてくる……。

そんなことになったら、一体自分の立場はどうなってしまうのだろう。番であることは当然ばれるだろう。話の規模が大きすぎて、想像すらおぼつかない。ただ、それがまずいということだけは分かる。

だからといって、一生ここで暮らすなんて……。

ルーフェの脳裏《のうり》に、リンファの見た景色が蘇《よみがえ》る。あの整った庭と、空虚《くうきょ》で明るい、天井《てんじょう》の高い部屋。

無理だと、本能が拒絶《きょぜつ》するかのように、背筋が震《ふる》えた。

だからといって、ついてこられるのももちろん困る。どちらにしても、自分にとっては受け入れられない選択肢《せんたくし》だけを与《あた》えるのは、卑怯《ひきょう》ではないだろうか。

「……せめて、期限を設けてください」

必死に考えて、ルーフェはそう口にした。

「期限？」

顔を上げた白明に、ルーフェは頷く。

「俺が、龍の国を訪《おとず》れようとしていたのは、商売をするためです。三ヶ月、この国を回らせてもらう商隊にいて……なので、商隊がこの国を回る予定だった三ヶ月の間なら……」

ルーフェの提案に、白明は考え込むように沈黙《ちんもく》し、やがて口を開いた。

「つまり、その三ヶ月の間に、そなたがここに残りたいと思うようにしてみせろということだな」

「……そうは言ってないです」

白明の言葉にルーフェはわずかに眉《まゆ》を顰《ひそ》めたが、白明は気にした様子もない。むしろそっと微笑《ほほえ》んでさえみせた。

「だが、残りたいと思えるようになったならば、出て行く必要はないだろう？」

「それは……まぁ、そうですけど」

言葉の上で言えば、そういうことにはなる。ルーフェは白明の言葉に、渋々《しぶしぶ》ながら頷いた。

もちろん、そんな気持ちになるとは、とても思えないが……。

だが、それを敢《あ》えて言う必要もないだろう。

三ヶ月後に、そんな気にはやはりなれなかった、とここを去ればいいだけの話だ。

「分かった。そなたの望み通りにしよう」

最大限の譲歩《じょうほ》を『望み』と言われたことに対して、多少腹が立たないわけではなかったが、ぐっと堪《こら》える。

「確認《かくにん》しておきたいのですが、ここに滞在《たいざい》する間に発生する費用に関しては、そちらで持っていただけるということでよろしいですか？」

「当然だ」

白明があっさりと頷いたことに、ほっとした。最悪の場合、滞在費を借金という形にして、返済するまでここに留め置かれる危険があるのではないかと警戒《けいかい》したのだが、そのつもりはなさそうだ。

「ただ、さっきも言いましたが、俺は雇《やと》われの身です。なので、今の話も商隊の許可が取れれば、ってことになりますけど……俺は通訳なので、いないと困るだろうし、許可が下りるかは分からないですけど」

できれば下りないほうがありがたいと内心思うが、それは望むだけ無駄《むだ》に違いない。

「分かった。そういうことならば、すぐにその商隊に許可を取ろう」

白明はあっさりと了承《りょうしょう》した。許可を取ることなど造作もないと判断してのことだろうし、それは事実だろうとも思う。

龍の国の王に逆らうものなど、いるはずがないのだから。

「では、俺は一度商隊に戻ってこの話をしてきますから……」

「いや、こちらで話をつける」

白明はそう言うと、ようやく立ち上がる。

「詳《くわ》しい話は室内で聞こう」

そう言われれば拒《こば》むこともできず、ルーフェは頷いた。

だが……。

「わっ」

突然《とつぜん》抱き上げられて、悲鳴を上げる。

「な、何を……」

「裸足《はだし》では足が痛むだろう」

言われてから、そういえば裸足だったのだと思い出したが、だからといってこれはない。

「下ろしてください。自分で歩けますっ」

「そう急《せ》かさずともすぐそこだ」

白明はそう言って微笑むと、そのまま足を進めてしまう。先ほどまでいた部屋に入ると、長《なが》椅子《いす》にルーフェを下ろした。

ようやく下ろされたことにほっとしているうちに、白明は召使《めしつか》いらしき少年を呼び、湯で絞った布を運ぶようにと申し付けた。

「ルーフェの仕事は通訳だったな？　どこの国だ？　その格好からすると……レンかローアン辺りか？」

「……レン王国です」

「そうか。ならば代わりの通訳はすぐ用意させる。できるだけ便宜《べんぎ》を図《はか》るようにも言っておこう」

ルーフェが分かったと頷《うなず》くと、先ほどの少年が桶《おけ》と布、そして布の靴《くつ》を持って入ってきた。桶と布が長椅子の前にあった透《す》かし彫《ぼ》りのテーブルに、靴が足下《あしもと》へと置かれる。布は熱い湯で絞《しぼ》ったのかわずかに湯気を立てていた。

「少し待て」

少年は白明の声に深く頭《こうべ》を垂れると、何も言わずに壁際《かべぎわ》に立つ。

おもむろに白明が椅子の前に膝《ひざ》をついたことに、ぎょっとしたルーフェだったが、その後白明が絞った布を手に取って広げた辺りで思わず声を上げていた。

「って、あ、あの、ちょっ…何を……！」

「じっとしていろ」

「そう言われても……」

足首をひょいと持ち上げられて、温かい布で足の裏を拭《ぬぐ》われる。

「それで、商隊の名はなんという？　代表は？　そなたと出会った辺りに人の気配があったが、あれがそうか？」

「え？　あ、はい。そうです。ええと、名はアバッキオ商会。代表はサユース・アバッキオという男です」

問いに答えながらも、王に何をさせているのかと、ルーフェは混乱する。足を引き抜《ぬ》こうとしたが、足首を摑《つか》む手の力は存外強く、うろたえているうちに拭《ふ》き終わってしまったようだ。

そのままもう片方も拭かれそうになって、あわてて足を引き上げようとしたが、汚《よご》れた足を椅子に上げてよいのかとためらった隙《すき》に捕《つか》まってしまい、こちらも結局拭かれてしまった。

白明は使い終わった布を桶に入れ、靴まで履《は》かせようとしてくる。

「じ、自分で履けますから……っ」

居たたまれずにそう言って、ルーフェは足首を掴まれる前に、用意された靴にさっと足を入れた。

「俺は指示を出してくる。ルーフェは……休んでいて構わんが、手紙の一枚も渡《わた》しておきたいというなら書いてもよい」

「それなら、手紙を書かせてください」

迷わずそう言ったルーフェに、白明は頷くと先ほどの少年に桶を片付けて便箋《せん》などの用意をするようにと申し付けた。少年は微笑んで頷くと部屋を出て行く。

「すぐに戻《もど》るつもりだが、俺が戻る前に手紙が書けたら、今のものに渡しておけ」

「……わ、分かりましたっ」

軽く抱《だ》き寄せられて、あわてて胸を押し返す。白明は微笑《びしょう》を浮《う》かべ、部屋を出て行った。

ようやく一人になった部屋で、ルーフェは両手で顔を覆《おお》う。

「とんでもないことになった……」

やはり、龍《りゅう》の国に近付くべきではなかったのだと、心の底から思いながら、ルーフェは大きなため息を吐《は》き出した。

　だが、そうしている間にも先ほどの少年が戻ってくる。

「こちらに置かせていただいてよろしいですか？」

　少年が手で示したのは、壁際にある机だった。

「あ、はい。お願いします」

　頷いて立ち上がり、そちらに近付く。何種類かの便箋と、ペンや筆、インクや硯《すずり》などが並べられていく。使いやすいものをと気を遣《つか》ってくれたのだろう。

「何か他《ほか》に必要なものがございましたら、お申し付けください」

「ありがとうございます」

　礼を言うと、少年は先ほどと同じように壁際に控《ひか》える。それとなく見たところ、人族ならば十四、五歳といったところだろうか。顔立ちは整っており、高い位置で一つにまとめられた髪《かみ》は緑がかった黒髪である。

　気にはなったが、出て行って欲しいと言うほどのことでもない。ルーフェは椅子に座り、シンプルな便箋を選び、インク壺《つぼ》の蓋《ふた》を開けた。

　とはいえ何を書いたものか……。もうとっくに、ルーフェがいないことにも気づいて大騒《おおさわ》ぎになっているだろうと思うと頭が痛い。

　悩《なや》みつつもとりあえず、王宮に留め置かれることになったけれど三ヶ月限りのことだから心配しないで欲しいこと、突然いなくなって迷惑《めいわく》をかけた詫《わ》びなどを書いた。さすがに戻ったらまた雇って欲しいなどとは図々《ずうずう》しくて書けなかったし、番《つがい》のことも敢《あ》えて書かなかったが、番云々《うんぬん》に関しては、当然白明側から説明があるだろう。どう思われるかと考えると、非常に複雑だが……。

書き上がった手紙を言われたとおり少年に託《たく》すと、少年は部屋を出て行く。そうして再び一人になった部屋で、ルーフェはもう一度、盛大《せいだい》にため息を吐《つ》いたのだった。

「手配は済んだ。首尾《しゅび》についてはこのあと報告があるだろうが、できるだけの便宜を図るように言ってある。問題はないはずだ」

部屋に戻ってきた白明の言葉に、ルーフェはとりあえず頷いた。

龍の国で商売をしようという状況《じょうきょう》で、王宮からの使者の言葉を拒めるはずもないし、国王から便宜を図られたとあれば、商売自体も心配はないだろう。

ああ見えてサユースは根っからの商売人である。自分の力で成したいと思う気持ちを抑《おさ》え、商売人として利をとれる男だ。もちろん、幼なじみでもあるルーフェのことを案じてくれてはいるだろうが、商会の不利になるような真似《まね》はしないだろうから、その点は安心できる。

ルーフェとしても、自分のためにサユースや商会が無理をすることは望んでいない。

その後朝食が運ばれてきて、白明と共に気詰《きづ》まりな朝食を摂《と》りながら、ルーフェは今後のことについての話を聞いた。

ここが、王宮の最も深い場所にある奥宮であること、奥宮の中は自由に動き回って構わないこと、そして手紙の支度《したく》をしてくれた少年が、正式にルーフェの従者となることなど。

「奥宮に閉じ込められるようで不服かもしれぬが、そなたの身を守るためだと承知して欲しい。万が一にも、その身に危険が迫《せま》るようなことがないように」

「分かりました」

確かに閉じ込められることは歓迎《かんげい》できないが、前世に閉じ込められた場所が一室だったことを考えれば、破格の条件と言えるだろう。それに、ルーフェだって命は惜《お》しい。

「碧《へき》はまだ幼いが信用がおける血筋のものだ。俺が一日中共にいたいが、そうもいかないのでな。何かあればこのものに伝えればいい」

「碧と申します。何なりとお申し付けください」

たった今も給仕《きゅうじ》をしてくれていた碧は、そう言って微笑《ほほえ》み、ゆっくりと頭を下げた。

「……よろしくお願いします」

一日中共にいたいなどという言葉を真に受ける気はないし、前世では、侍女《じじょ》どころかメイドの一人もついていなかったことを思い出すと複雑だったが、三ヶ月限りのことだと思えば逆らう気も起きず、頷《うなず》く。

「それではまた昼食のときに会おう。ゆるりと過ごすがいい」

白明は朝食を終えるとそう言って、部屋を出て行った。

「食後のお茶をご用意してもよろしいですか？」

「あ、はい」

碧の言葉に反射的に頷くと、碧はすぐに茶の支度をしてくれる。商会で働いているルーフェには、それが単に高級なだけでなく、希少な茶葉であることがすぐに分かった。

従者がつくことといい、奥宮を自由に動き回れることといい、前世を思えば、破格の待遇《たいぐう》である。

だが、ありがたいとは思わない。これは、三ヶ月を過ぎたあともここに残りたいと言わせるための手管であり、それにつられて残ると言ったが最後、前世のように監禁《かんきん》されるだけである可能性は十分ある。

そんなことを思っていると、扉《とびら》の向こうから入室許可を求める声がした。

龍の国には、現在もノックの習慣はないらしい。

ルーフェが振《ふ》り向くと、碧がさっと入り口に向かうのが見える。おそらく任せておけばいいのだろうが、一体誰《だれ》が来たというのだろう？

白明ならば、何も言わずに入ってくるだろうし……。

そんなことを思っていたルーフェは、入ってきた男の顔を見て目を瞠《みは》った。

「――――失礼いたします」

深々と頭を下げたその男に、見覚えがあったからだ。

もちろん、前世の記憶《きおく》ではあるが……。

「宰相《さいしょう》の緑翠《りょくすい》と申します」

緑翠は白明の側近だった男だ。白明が、リンファと出会った宿に逗留《とうりゅう》した際にも、供をしていた。

今は宰相になったのか、と思ってから、あわてて立ち上がる。けれど、なんと声をかけたものか迷って、ルーフェは視線をさまよわせた。

久し振りと言うべきなのかもしれないが、ルーフェの感覚としては、リンファと自分は別の人間である。

だからといって、初めましてと言うのもおかしい気がした。

「……ルーフェです」

結局そう名乗るだけにしたルーフェに、緑翠は了解《りょうかい》するように頷く。

緑翠のことは、正直よく分からない。ただ、意地の悪い人間ではなく、理性的な質《たち》であるということだけはなんとなく感じていた。

内心どうあれ表面上、リンファを軽《かろ》んじるような言動を緑翠本人が取ることがなかったことは確かである。

だから、こうして顔を合わせたところで酷《ひど》い嫌悪《けんお》や恐怖《きょうふ》を感じることはないのだが、かといって顔を合わせる理由も思いつかない。

椅子《いす》を勧《すす》めたほうがいいのかと迷うルーフェの足下《あしもと》に、突然《とつぜん》緑翠が叩頭《こうとう》した。

「な……何を――」

「申し訳ございませんでした」

唖然《あぜん》としたのち、やめさせようと口を開いたルーフェの言葉を遮《さえぎ》って、緑翠がそう言った。

「リンファ様のお命を守ることができなかったことは、謝罪のしようもございません」

その言葉に、ルーフェは目を瞠る。まさか、あのときのことを謝罪されるとは思っていなかった。実際、緑翠が警備の役を負っていたわけでもなかったはずだ。もっとも、あのときの王宮の内部がどういう状況だったのか、確かなところを知っているわけではない。

だが、リンファに供や警護の一人もなく、あの部屋に閉じ込められていたことだけは確かであり、王太子の番であったリンファの扱《あつか》いをそれでよしとしていたのは、当然ながら白明の指示だったはずだ。

少なくとも、リンファが死んだ責任がどこにあったとしても、宰相である緑翠が叩頭する必要はないと思う。

「立ってください。あなたに謝られるようなことではありません」

「────ありがとうございます」

ルーフェの言葉に、緑翠はそう言うとゆっくりと頭を上げ、立ち上がる。

「今度こそ、誠心誠意仕えさせていただきます」

「三ヶ月限りのことだという話は……」

「承知しておりますが、その後はルーフェ様のお心次第《しだい》と聞いております」

まぁ、そう言われればそうなのだが。

「何か足りないものや、欲しいものなどはございますか？　今は思いつかなくとも、いつでも碧に言付けてください。陛下からはルーフェ様の望むように、全《すべ》て取り計らうよう言われておりますので」

「陛下がそんなことを？」

ルーフェが驚《おどろ》いてそう問うと、緑翠は当然のように頷く。

白明のことを最低最悪の悪魔《あくま》のように思っていたけれど……あの口から、ルーフェの望むように、などという言葉が飛び出す日が来るなんて。

謝罪され、ここにいてくれと懇願《こんがん》されたときも意外に思ったが……。

「二百年もあれば、生まれ変わらなくても人は変わるってことかな……」

思わずそう呟《つぶや》いてから、そんなわけがない、これも残らせるための作戦なのだろうと思い直す。そもそも人ではなく、龍《りゅう》である。けれど……。

「陛下が変わられたのは、二百年が経《た》ったからではございません」

「あ、いや……」

緑翠から返ってきた言葉に、ルーフェは気まずくなって視線を泳がせる。

「少し、お話しさせていただいてもよろしいでしょうか」

神妙《しんみょう》な口調でそう言われて、ルーフェは押されるように頷いた。そして、二人とも立ったままであったことを思い出して、椅子を勧める。

緑翠は一度頭を下げると、ルーフェが座るのを待って、椅子に座った。

「リンファ様があのようなことになったとき、私は陛下と共に王宮を離《はな》れておりました」

何も言わずに碧が、緑翠の分の茶も淹《い》れてくれる。緑翠はリンファが殺されたあと、何が起こったのかを語り始めた。

「龍族には、番《つがい》の命が失われれば必ず伝わります。すぐさま王宮へ帰還《きかん》された陛下は、リンファ様に逆鱗《げきりん》を与《あた》えようとなさいました」

「……逆鱗？」

「龍族は一人に一つ、顎《あご》の下に一枚だけ逆さに生えた鱗《うろこ》を持っていて、それを逆鱗と呼ぶのです。番にそれを与えることで、他種族であっても『龍の番』――龍族に近い存在になり、子をなすことができるようになるのです」

緑翠の言葉に、ルーフェは自分の胸元《むなもと》にある鱗のことを思い出した。ひょっとして、あれが……。

「あのとき、リンファ様の負わされた怪我《けが》は、龍の番であれば助かる見込みのあるものでした。ですが、間に合わなかったのです……。リンファ様は逆鱗を受け入れる前に人族として亡くなられました。陛下は酷くお嘆《なげ》きになり……リンファ様が、転生するように術をかけたのです」

「術？」

緑翠が言うには、その術により、ルーフェの体は転生したときから『龍の番』であり、病を得ることはない。怪我はするが即死《そくし》でない限りは急速に治る。そして、成人後は龍と同じように不老になり、白明が生きる限り自然死することもないらしい。

体は丈夫《じょうぶ》なほうだとは思っていたけれど、まさかそんな理由があったとは……。

「勝手に何をやってくれているんだよ……」

ルーフェは思わずため息を吐《つ》いた。怒《いか》りもあったが、それ以上に呆《あき》れてしまう。

また、リンファに術をかけたあと白明が、リンファの死に関係したものや、その一族のことごとくを殺したことや、リンファを失って白明自身もボロボロになったなどという、眉唾物《まゆつばもの》の話も聞かされた。

「本当に陛下は心から、自らのなさった仕打ちを後悔《こうかい》していらっしゃいました」

そう言われても、ルーフェとしては複雑な気分だ。

——もし、二百年前に白明がその態度だったなら、リンファは簡単に白明を愛しただろう。

だが、ルーフェとしてはいくらそんな話をされても、前世でされたことや、勝手に番として転生させられたことを簡単に許すことはできないし、白明を愛することもできないと思う。

緑翠もそれが分かるのだろう。

「今更《いまさら》と思われることは百も承知です。簡単に信じていただけないであろうことも……。ですが、ただ、知っていただきたかったのです」

特に感激するでもないルーフェに、気分を害した様子もなく緑翠はそう言うと、頭を下げて部屋を辞したのだった。

◆

朝食のあと、ルーフェは奥宮の中を歩き回っていた。

よく晴れた日差しに、庭は輝《かがや》くように美しかったが、ルーフェが部屋を出たあと向かうのは、庭ではなく建物の中だ。

ここに来て三日目になるが、まだ奥宮の全ては回り切れていない。

龍化したときのサイズのせいもあるのか、奥宮は十分に広い。市場が一つ入るのではないかというくらい広い。土地の無駄遣《むだづか》いもいいところではと思うが、散歩のしがいはある。

部屋ごとに調度品の趣《おもむき》が違《ちが》ったり、大量の書物が収められた部屋や、美術品の飾《かざ》られた部屋などもあったりして、じっくり見て回ればいくらでも時間が潰《つぶ》せる。

ちなみに、緑翠に体のことを聞いてから、もう単なる人間ではなく、丈夫な体になったのだったら奥宮から出ても平気では？　と訊《き》いてはみたのだが、龍ならば龍の番を殺すことは可能だと言われてしまった。確かに即死ならばどうしようもないという話ではあったなと思う。

とはいえ、別に王宮の中を自由に歩き回りたいと思っているわけではないので、いいのだけれど。

もっとも、許可しないのは危険だという建前とは別に、自由にさせてルーフェがここを勝手に出て行くのではないかと疑っているせいもあるのではと、ルーフェは睨《にら》んでいる。確認《かくにん》することで機嫌《きげん》を損ねる可能性も考慮《こうりよ》して、黙《だま》っているけれど。

そうして部屋を覗《のぞ》いていくうちに、いくつもの楽器が置いてある部屋を発見した。どうやら部屋の造りからしてサロンらしい。室内楽の演奏などに使えるようにしているのだろうか。

「あ、これ……」

その中に、前世でよく手にしていたものを見つけて、ルーフェは思わず手を伸《の》ばした。

「懐《なつ》かしいな」

胡弓《こきゅう》の一つで二胡《にこ》と呼ばれるものだ。生まれ変わってからは、とんと見ない楽器だが、リンファは母から習っていた。娼婦《しょうふ》とはいっても、芸の得意なものはいて、母親もその一人だったのである。

手に取って椅子《いす》に掛《か》ける。軽く音を鳴らしてみると、もの悲しいような深い音が響《ひび》いた。さすがに王宮内にあるだけあって、名器のようだ。そのまま今度は、覚えている曲を弾《ひ》いてみた。

だが……。

「だめだな」

我ながらお粗末《そまつ》な演奏に、苦笑《くしょう》が零《こぼ》れる。

指が動かないし、そもそも手の大きさが違うのもあって弾きにくい。教えてくれたリンファの母に聞かれたら、さぞかしがっかりされるだろう。

そんなことを思いつつ、椅子から立とうとしたときだった。

「――――もう演奏は終わりか？」

驚いて声のしたほうへと視線を向ける。そこにはいつの間に来たのか、白明が立っていた。

「……ちょっと触《さわ》ってみただけで、演奏といえるようなものでもないですから」

まさか聞かれていたとは思わなかった。勝手に聞いていたのは相手なのだからと思おうとするけれど、あまりに拙《つたな》い出来だったことを思うとやはり恥《は》ずかしい。

俯《うつむ》いたルーフェに、白明が歩み寄ってくる。

それに気づいて少しだけ肩《かた》が揺《ゆ》れた。正直、未《いま》だにこの男との距離感《きょりかん》を摑《つか》みかねている。

請《こ》われてここにいるのだから、へりくだる必要などないと思う自分と、リンファを殺した龍《りゅう》族の王である存在を恨《うら》み、同時に畏怖《いふ》する自分、そして、単純に一国の王である存在に対する気後《きおく》れのような気持ち。

一緒《いっしょ》に食事をし、夜は同じ寝台《しんだい》で眠《ねむ》っていても、どんな態度が適切なのか迷ってしまう。

もちろん、再会後すぐに強引《ごういん》に抱《だ》いたことは許せないことの一つだが、それに関する謝罪はすでに受け入れてしまっているし……。

「リンファもよく弾いていた」

ぐるぐると考え込んでいたルーフェは、そう言われて、目を瞠《みは》った。知っていたのか、と内心驚《おどろ》く。その声が懐かしさと同時に、どこか痛みを含《ふく》むようなものだったことに、少しだけ動揺《どうよう》してしまう。

そう、この辺りも、ルーフェとしては悩《なや》める点だった。二百年前と、白明の態度が違いすぎていちいち戸惑《とまど》ってしまう。

「気に入ったのなら部屋に持っていくといい」

「え？」

「もうその楽器を演奏するものはほとんどいない。弾いてもらえば楽器も喜ぶだろう」

その言葉に、手元の楽器へと視線を落とす。

正直に言えば懐かしいと思って手に取っただけで、気に入ったというわけではなかった。だが、もう弾き手がいないと言われれば、多少淋《さび》しくは思う。

どうせ時間はあるのだ。白明の言に従うのは少し癪《しゃく》な気もしたが、楽器に罪はない。

「……そういうことなら、少しの間借ります」

迷ったものの結局そう口にすると、白明は黙って頷《うなず》く。その目が少しだけ、うれしそうだった。

そのあとはすぐに昼食になった。もともと、白明は昼食のために部屋に向かう途中《とちゅう》で、二胡の音に気づいてサロンに寄ったのだという。

「そろそろ、何か足りないものが見つかったのではないか？」

以前、緑翠にされたのと同じ問いだった。

けれど、そう言われても思いつくものはない。

「特には……」

衣食住、全《すべ》てが満ち足りている。というか、足りすぎて溢《あふ》れるほどだ。

「望みもないのか？」

「望み……」

正直、ルーフェには大した望みはない。ただ、強《し》いて言うなら……。

「退屈《たいくつ》だとは思いますけど」

そう言ったルーフェに、白明は言葉に詰《つ》まったようだ。だがすぐに気を取り直したように口を開く。

「ここに来るまでは、どのような暮らしをしておったのだ？　商家に勤めていたとは聞いていたが……」

「暮らしと言われると……」

迷いつつも、大体の一日の過ごし方を説明する。

といっても、朝起きて朝食を食べ、出掛《でか》ける支度《したく》をしたあとは、開店前から閉店後まで働き詰めだ。

夕食はゆっくり食べられたが、昼食は時間を見つけて摂《と》らなければならず、忙《いそが》しい時期は食いっぱぐれることもあった。

「そなたをそれほどまでに扱《こ》き使うとは、許しがたい所業だな」

白明が不快そうに眉《まゆ》を寄せて言う。ルーフェはあわてて頭《かぶり》を振《ふ》った。

「そういう話をしているわけじゃないですし、普通《ふつう》のことですよ。第一、俺はそれで満足でしたから」

むしろ、アバッキオ商会は給与《きゅうよ》が高く、従業員は商品を割引で購入《こうにゅう》できることもあり、近隣《きんりん》でも人気の勤め先だ。

「とにかく、そういう生活をしていたから、することがなくて暇《ひま》なんです」

「ずっと働いていたというなら、たまにはのんびりしたいと思うものなのではないのか？」

「そんなのは、この三日で飽《あ》きました」

思わずため息が零れる。

「できれば市場を見て回りたいんですけど……」

せっかく龍の国に来たのだから、商品の品質が世界一と言われる市場を見て回りたいと思うのは、商売に携《たずさ》わる人間としては当然だろう。

けれど、それはあっさりと却下《きやつか》された。

「……ここからは出せないと言っただろう」

そう言った白明の顔が、どこか困ったようなものだったので、ルーフェは困らせるつもりではなかったのだと苦笑する。

「分かっています。そういう約束でしたから」

ただ、望みはないかと問われたから、口にしてみたというだけのことだった。

◆

――……口にしてみただけのはず、だったのだが。

奥宮の一室で、ルーフェは長椅子《ながいす》に白明と並んで座っていた。

「こちらは、最高級の絹を、糸の段階から独自の染料《せんりょう》で染めたもので……」

「この繊細《せんさい》な意匠《いしょう》は、我が国でも唯一《ゆいいつ》この工房《こうぼう》だけが実現した……」

「石だけでも貴重なものですが、デザインを考えたものは国内でも随一《ずいいち》の……」

次から次に、手を替《か》え品を替え見せられる商品に、ルーフェは目が回りそうな気分だ。

何をしているかといえば、様々な国から訪《おとず》れた商人たちが、目の前のテーブルにその自慢《じまん》の商品を並べ、口上を述べているのだ。

市場に行きたいと言ったのは一昨日《おととい》のことだ。だというのに、翌々日にはこれほど多くの商人が呼び寄せられているあたり、さすがに龍の国の王なだけはある。

半ば現実逃避《とうひ》でそう思いつつも、薦《すす》められた品を手に取ってみる。柔《やわ》らかな布に載《の》せられているのは金色にも見える美しい石のついたクラバットピンだ。

「確かに素晴《すば》らしい石ですね」

石の大きさは小指の爪《つめ》ほどだが、それでも大変な価値があるはずだった。

「宝石の産出国としては随一と謳《うた》われるラキア王国でも、西の鉱山で少量しかとれない石だと聞いたことがありますが……」

ラキア王国はルーフェの生国であるレン王国からは遠い国だが、宝石を扱《あつか》うものならば知らないものはない国だ。商家で働くルーフェももちろん、その辺りの知識はある。

「なんと、ご存じでしたか。ええ、そうなのです。中でもこの透明度《とうめい》で、この大きさというのは本当に希少で……」

「ならばもらおう」

ルーフェの隣《となり》で話を聞いていた白明が、あっさりとそう言った。

「えっ……」

「ありがとうございます！」

ルーフェが驚いている間に、商人はうれしそうに満面の笑《え》みを浮《う》かべる。値も聞かずに買い上げた白明にルーフェはぎょっとした。けれど、そのクラバットピンは石だけでなく細工も素晴らしく、よほど気に入ったのだろうと、そう思ったのだが……。

「素晴らしい絵付けですね。名のある工房なのでしょう」

美しい磁器の茶器を褒《ほ》めれば……。

「ではこれをもらおう」

「ありがとうございます」

「とても繊細な細工ですね。ここまでのものは初めて見ました。運んでくるのも大変だったのでは？」

と、ガラス製のランプを褒めれば……。

「ならばこちらをもらっておこう」

「大変光栄にございます」

「……」

白明は次から次に、ルーフェが興味を示したものを全て買い上げていく。

これは何にも言わないほうがいいかもしれないと思うが、懸命《けんめい》に売り口上を述べられると商家で働いていた身としては気の毒で無視もできない。どれだけの覚悟《かくご》でここにやってきているのか、ルーフェにはよく分かっているのだ。

ここで、白明が買い上げたとなれば、それだけでどれほどの名誉《めいよ》となるだろう。そう思うと、素晴らしいものは素晴らしいと、口にしたくなる。

ガラス細工を扱う商人が出て行くと、ルーフェは大きくため息を吐《つ》いた。

「疲《つか》れたのなら、今日はここまでにしておくか？」

「……あと何組なのです？」

白明が部屋の隅《すみ》に控《ひか》えていた文官らしい男に目をやると、四組だと答えが返ってくる。ちなみに、ルーフェが丁寧《ていねい》な言葉を心がけているのは、この文官の存在があってのことだ。白明に対して無礼を働いていると思われては困る。身の危険を感じる。

しかしあと四組か……。

その商人らも、王宮に呼ばれたことを誉《ほま》れと思っているだろうと思うと……。

「疲れたわけではありません。ただ、何でもかんでもお買いになるのはおやめください」

「気に入ったのではないのか？」

「いえ、気に入ったのは確かですが……」

世辞を言ったつもりは一つもない。素晴らしいから素晴らしいと言っただけだ。とはいえ、自分の一言で買い上げられると思うと胃が痛い。どれほど高価なものか、分かってしまうから余計に……。

「だが、買い物がしたかったのだろう？　ならば気に入ったものは買い上げればいいではないか」

白明は何が問題なのかと首をかしげる。それを見て、ルーフェは思わずため息を零《こぼ》した。

ルーフェは三ヶ月でここを去るつもりだ。だから白明と相互《そうご》理解を深める必要などないと考えていた。だからこそ、意識にすれ違《ちが》いがあっても、説明する必要があるとは思わず、黙《だま》っていたのだが……。

三ヶ月、この調子で散財していれば、ルーフェ自身が何を言われるか分かったものではない。いくら、ここでかかった費用は龍《りゅう》の国が払《はら》うと言質《げんち》を取ってあっても、好きなだけ散財して去るのと、慎《つつ》ましく暮らして去るのでは、その印象は雲泥《うんでい》の差だろう。

ここにいる間はある程度安全かもしれないが、去ってのち、また殺されるようなことになっては、堪《たま》ったものではない。白明はともかく周りの龍にはできるだけ悪印象を与《あた》えたくはない。

この際、諦《あきら》めてもう少し、歩み寄るべきだろう。

「――……そもそも市場を見て回りたいというのは、買い物がしたいという意味で言ったわけではないんです」

「違うのか？」

不思議そうに眉《まゆ》を上げた白明に、ルーフェは頷《うなず》く。

「市場へ行くというのは……もちろん、多くの場合は買い物のためでしょうし、陛下が誤解なさったのも仕方のないことです。が、俺は商人ですから」

「商売に行く、と？」

「物を売るだけが商売ではありませんから。ここ……龍の国には世界の最上級品の全《すべ》てが集まっています。品物だけでなく、商人そのものも。買い付けられずとも、品を、人を、見るだけで勉強になることは間違いありません」

それだけならば、ここに呼ばれたものたちからももちろん学ぶことはある。アバッキオ商会は年々規模も大きくなっており、ときには貴族相手の仕事をすることもある。そういう場合は、品物を持って客先を訪ねるのだ。ルーフェはまだそこまでの仕事を任せてもらってはいないが、いずれそうなることを思えば、今回のことはいい経験になったと言えなくもないだろう。もちろん、こんなことになった以上、アバッキオ商会にこのまま雇《やと》ってもらえるかは分からないけれど……。

だが、そういった建前を全て取り払って言うならば。

「何より俺は、市場の空気が好きなんです。活気、と言えばいいのでしょうか……人の声や、流れを感じることが好きなんです」

思えばこれも、前世で一つの部屋に閉じ込められた経験によるものなのかもしれないと、ふと気づく。

それでも……。

「もちろん、それが無理なことは理解しています。だから、こんなことはこれっきりにしてください」

そう言いながら白明を見つめて、ルーフェは微苦笑《びくしょう》を浮かべた。

白明が本当に、ルーフェの望みをできる範囲《はんい》で叶《かな》えようとしたのだということは分かっていたからだ。

もちろん、それで絆《ほだ》されるようなことはないけれど……。

「とりあえずあとの四組に関しては、俺が興味を示してもすぐ買い上げたりしないでくださいね。もちろん陛下が本当に欲しいと思われるものがあれば、俺が口を挟《はさ》むことではありませんが」

その後、話が一段落したのを見て、文官が合図を送る。程《ほど》なくして、次の商人が入ってきたのだが、その顔を見てルーフェは軽く目を瞠《みは》った。

それは、入ってきたのが隣国《りんごく》であるローアン王国の商人であり、アバッキオ商会と縁《えん》のある男だったからだ。

しかも相手は、ルーフェがいたことに驚《おどろ》いた様子もなかった。つまり、ルーフェがここにいると、サユースから聞いていたとしか考えられない。

そうである以上、何かあるのだろうという予感のまま、ルーフェは男の薦《すす》めた商品を一つ、白明に強請《ねだ》ることになってしまったのであった……。

とんだ恥《はじ》をかいてしまった……。だが、判断は間違っていなかったようだ。

ローアンの商人から買ったものは二つ。美しい細工の文箱《ふばこ》と便箋《びんせん》だ。正確に言えば便箋のほうは文箱のおまけにつけてくれたものになる。その便箋の中の一枚に、その手紙は隠《かく》されていたのである。

それは予想通り、サユースからの手紙だった。そこには、手紙を出そうとしたけれどどうすれば届くか分からなかったのでこんな手段を取ったことや、突然《とつぜん》のことに驚いたこと、ルーフェを心配する言葉、抗議《こうぎ》したけれど力が及《およ》ばなかったことに対する謝罪などが綴《つづ》られていた。

そして、ルーフェが店に戻《もど》ってくるのを待っていてくれること、ルーフェが帰りたいと思うならきっと力になるということも……。そのことにルーフェは心から安堵《あんど》した。

自分には帰れる場所がある。

それは、前世とはまったく違う点だった。同じように、一所にとどめられているといっても、状況《じょうきょう》はまるで違う。

そのことを改めて自覚することで、ルーフェは心が軽くなるのを感じていた。

問題は……。

ルーフェは手元にある二胡《にこ》を見つめてため息を零《こぼ》す。

白明に文箱を購入《こうにゅう》してもらう礼に何かすると言ったところ、二胡の演奏を求められたのだ。少し練習させて欲しいと頼《たの》んだため、演奏自体は夕食前ということになった。

おかげで一人の時間を持つことができ、手紙に目を通すこともできたのはよかったけれど……。

目を閉じて、思い出す。

何度も何度も奏《かな》でた曲とはいっても、この体ではほとんど初めてだ。指は思うように動かないし、そもそも手の大きさが違うせいか上手《うま》く弾《ひ》ける気がしない。

けれど、幸い曲のいくつかは覚えていた。あの部屋の中で、自分ができることはとても少なかったし、その前からずっと二胡はリンファの唯一《ゆいいつ》の取り柄《え》であり、趣味《しゅみ》でもあり、母の形見でもあったから、記憶《きおく》していたこと自体はおかしくないかもしれないが……。

ただ、手が動かないとか、これを白明の前で演奏するのだとか、そういったことを全て取り払って感じるのは、楽しいということだった。

それが自分でも意外で……。

リンファも楽しいと感じたことがあっただろうか。どうだっただろうか。もうその気持ちは遠すぎて、ルーフェには分からなかった。

ただ、こうして二胡を弾いて白明を待っていたことも、あったように思う。よければ聴《き》いて欲しいと願って……。

今になってそれが叶うことは、酷《ひど》く皮肉めいて感じるけれど。

何にせよ練習だ。自信がないことはすでに自己申告済みであり、それでもと望んだのは相手のほうなので、巧拙《こうせつ》について文句を言わせるつもりはない。

だが、せめて一曲弾き通せるくらいにはしておきたかった。それが、大変なのだが……。

技巧はともかく、なんとかつっかえずに一曲弾けるようになったのは、まもなく夕食の時間というそのときになってからだった。――知る中で最も短く単純な旋律《せんりつ》のものではあったが、一曲は一曲である。

場所は楽器の置かれていたサロンにしておいたので、ルーフェは呼びに来てくれた碧と共に、二胡を手にしたままサロンへと向かった。足取りは重いが、礼をするというのは自分から言い出したことだ。仕方がない。

サロンに入ると、そこにはすでに白明の姿があった。

「来たか」

「お待たせしました」

ルーフェは一つ頭を下げると、そのまま白明の正面の椅子《いす》へと腰掛《こしか》ける。

「言っておきますが、本当に下手《へた》ですよ」

「構わない」

白明の言葉にルーフェは一つため息を吐《つ》くと、弓を構えた。そっと弦《げん》に弓を滑《すべ》らせていく。

懐《なつ》かしい音を思い出しながら、弦を押さえ、指を震《ふる》わせた。

そうして一曲弾ききると、今度は安堵の息をそっと吐いて伏《ふ》せていた目を開ける。

「……聴けてよかった。ありがとう」

白明が、素晴《すば》らしい演奏だった、などというような世辞を言わなかったことをうれしいと感じた。

リンファの演奏を聴くことは一度もなかった白明が、あの頃《ころ》よりもずっと下手になっている演奏を褒《ほ》めたとしたら、ルーフェの中に燻《くすぶ》っているリンファの記憶は再び傷つけられただろう。

「また聴かせてくれ」

「……約束はできません」

はっきりと断らなかったのは、胸に残るそのうれしさのせいだっただろう。白明もそれ以上、重ねて求めることはなかった。

「では、夕食に向かうとしよう」

立ち上がった白明に促《うなが》され、ルーフェはおとなしくその背を追った。

◆

「休憩《きゅうけい》するか……」

弾いていた二胡を椅子の上に置いて、ルーフェは庭に出た。

別に誰《だれ》に聞かせるつもりもないが、あれ以来暇《ひま》に飽《あ》かせて二胡の練習をしている。強制されたわけではもちろんないため、続けるもやめるもルーフェ次第《しだい》である。

だがそうして自由に弾く二胡は楽しく、練習というよりも遊びに近い気さえする。こんな気持ちで二胡を弾く日が来るなんて、ルーフェは考えたこともなかった。

二胡という楽器が、レン王国にないことは早々に気がついていたし、アバッキオ商会で働くようになってからは、リンファの祖国であったマカライ王国が滅亡《めつぼう》して以降、あまり弾き手のいない古楽器であることも知った。

そのときの気持ちをなんと言えばいいだろう。安堵したのでも、悔《くや》しさを覚えたのでもない。ただ、ああ、そうなのか、と思ったのだ。

もう一度弾きたいとも、二度と弾きたくないとも思ってはいなかった。だから、こうして再び弾くことにした自分が、楽しいと感じることは不思議で……。

「おかしなもんだなぁ……」

のんびりと庭を歩きながら、ルーフェは呟《つぶや》く。

龍《りゅう》の国に来ること——いや、白明に会うことを、自分はずっと恐《おそ》れていた。前世の自分の死の原因となった男なのだから、当然といえば当然だろう。

なのに、現実は随分《ずいぶん》とのんきなものだ。ここでの生活にも慣れてきた。

とはいえ正直、白明に尽《つ》くされることには未《いま》だに戸惑《とまど》いしかない。前世とは別人のようだと思うし、冷酷《れいこく》な王だという噂《うわさ》はなんだったのかとも思う。

二百年というのは、それほどに長い時間だということなのだろうか。もちろん、人ならば、長く生きたとしても三回ほど人生を終わらせることのできる時間だ。短いはずがないだろうが……。

それでも、あの男は変わったのだと、心から信じることのできない自分がいる。

リンファであった記憶が、そうさせるのだ。

もしも、と思う。もしも、記憶がなければどうだったのだろう、と。

記憶がないまま、自分が白明の番《つがい》だと言われたら……。

一瞬《いっしゅん》そう考えて、ルーフェは自分の考えを笑った。考えるだけ無駄《むだ》だ。自分はリンファとは違《ちが》う。あのどこにも居場所のなかった少女は、ようやく自分が生きることの許される場所が見つかったのだと歓喜《かんき》した。そして、裏切られ絶望した。

だが、自分にはもとより居場所があり、そして、何より男なのである。

そもそも男なのに、番とか言っていていいのだろうかとも思う。番というのは、当然だが次代を残す――子を産むためにある存在だろう。

特に、王にあっては。

これが平民ならば、話は違うのかもしれない。だが、王にはどうしても子が必要なはずだ。

番というのが、龍にとって大切な存在であることや、たった一枚しかないという逆鱗《げきりん》がすでに自分に与《あた》えられていることは聞いている。

それでも、他《ほか》の龍との間に子どもが作れないわけではないのだと、ルーフェは知っていた。リンファであったときに散々聞かされたのだ。

いっそリンファなど見いださず、他の龍と婚姻《こんいん》したほうが、白明は幸福だったろうにと……。王妃《おうひ》の候補であった令嬢《れいじょう》たちの素晴らしさと共に語られた言葉に、リンファは何度だって傷ついたのだから。

「男にこんなに尽くしても意味なんてないだろうに……」

さっさと気づいて欲しい。いや、気づいていないことがあるだろうか？　いくら番が特別な存在だといっても、番不在の二百年間を白明は越《こ》えてきた。

それでも自分に構う理由があるとすれば……贖罪《しょくざい》、だろうか。

贖罪ならばもう気にしていないと、嘘《うそ》でも言ってやったほうがいいのかもしれない。

それで白明の気が済むなら。

そう思ってから、それは本当に嘘なのか？　という疑問が浮《う》かぶ。

本当に白明を許せないと思うほど、自分は今も彼を憎《にく》んでいるのだろうか？

――――それは、本当に自分の……『ルーフェ』の思いなのか？

十八歳の自分にとっては死んでから十八年という感覚だが、白明にとっては二百年である。

白明はその間ずっとリンファの生まれ変わりを捜《さが》して、いざ見つかってみれば――初日に無理《むり》矢理抱《やりだ》いた件はともかく、それ以外はルーフェの言うことを叶《かな》えるばかりで、無体なこともしない。

もちろん、閉じ込めていることが無体だといえばそうなのだろうが、そもそも三ヶ月の約束である上に、サユースからの手紙によって、復職も約束されている。

やっているのは、趣味《しゅみ》になりつつある二胡《にこ》の練習や散歩、読書や昼寝《ひるね》。芸術鑑賞《かんしょう》。何もせずとも供される三食に間食。ここまでくれば、ある意味休暇《きゅうか》と言えないこともない。

そんなことを思ううちに、いつもならば来ない奥宮の端《はし》まで来てしまったらしい。ルーフェは高い壁《かべ》をじっと見上げた。

「立派なもんだな……」

龍であれば飛んで越えることができるのだから、壁などどれほど高くとも意味がないのではと思わなくもないのだが……。

高く張り巡《めぐ》らされた壁を眺《なが》めたあと、今度は壁沿いに歩いてみることにした。

来た道を戻《もど》るのもつまらない気がしたのである。だが……。

「……猫《ねこ》？」

不意にどこからか猫の鳴き声がした気がして、ルーフェは首をかしげる。

足を止め、耳を澄《す》ますと壁際《かべぎわ》の茂《しげ》みがガサリと揺《ゆ》れた。そちらにそっと、足音を忍《しの》ばせて近付く。すると……。

「お？」

猫の姿はなかった。だが、その代わりにルーフェは壁の一部がわずかに崩《くず》れているのを見つけた。穴が空いており、おそらくだが猫はここから出入りしたのだろう。

茂みで陰《かげ》になっているため、普通《ふつう》にしていては見えない場所だ。そのせいで、崩れていることに誰も気づいていなかったらしい。

「こっちの方向だと、まだ王宮内なのか？」

あちら側からも見えないのだろうか？　そう思って、ルーフェは穴をのぞき込んだ。

「――――何をしている」

「わっ」

突然《とつぜん》背後からかけられた声に、ルーフェは驚《おどろ》いて飛び上がる。振《ふ》り返ると、そこには白明が立っていた。

「ど、どうしてここに……」

「王宮のどこにいようが俺の勝手であろう。そなたこそ何をしていた？」

「何って……っ」

腕《うで》を摑《つか》まれて引き寄せられ、ルーフェはわずかに眉《まゆ》を顰《ひそ》める。

「まさか、ここを出ようとしたのではあるまいな？」

咎《とが》めるように鋭《するど》い声でそう言われて、びくりと肩《かた》が震《ふる》えた。それを白明は事実を突《つ》かれたかからこそのおびえと取ったのだろうか。

「ここを出ることは、絶対に許さぬ」

怒《いか》りのあまりだろうか、瞳孔《どうこう》の開いた金の目に見下ろされて、ルーフェはさっと血の気が引くのを感じた。本能的な恐怖《きょうふ》を感じ、体が震える。

「ち、違います……っ！　そんなつもりは……ただ、この穴がどこに続いているか気になったから覗《のぞ》いていただけで……」

青ざめ、震えながらも否定するルーフェを、白明はじっと見つめていたが、やがて腕を摑む力が緩《ゆる》み、とりなす代わりというようにやさしく抱《だ》き寄せられた。

「ならば、よい」

どうやら納得《なっとく》してくれたようだ。

静かな声で言われ、そっと背中を撫《な》でられて、ようやく体の震えが収まってくる。恐怖を与えてきた相手に抱きしめられて安堵《あんど》するというのもおかしな話だが……。

「また、そなたがいなくなるのかと思ったら、感情が抑《おさ》えられなかった……」

体を離《はな》されて、顔をのぞき込まれる。

「怖《こわ》がらせてすまなかった」

その瞳《ひとみ》に、うっすらと涙《なみだ》の膜《まく》が張っているのを見て、ルーフェは言葉を失った。

先ほどの激情は、確かにおそろしかったが、同時にそんな白明に対して哀《あわ》れみを感じてしまう。リンファを失ったことが、白明の心に深い傷をつけたのだと思うと……。

――単なる贖罪などではない。

背中に電気が走ったような衝撃《しょうげき》を感じて、ルーフェは息を詰《つ》める。

間違いなく、今も白明は自分に執着《しゅうちゃく》しているのだと、改めて感じた。

普通ならば、二百年どころか、二十年、いや人によっては二年でも、亡《な》くなった人間を忘れるには十分な時間となるだろう。

薄情《はくじょう》だとは思わない。それが時間というものだ。

だというのに、白明は二百年のときを経《へ》てもなお、リンファに……番に執着している。

それが、龍という生き物の性質なのかもしれないし、先ほどの怒りのこもった金の目を思うと、震えが来るほどおそろしい。

だが……。

「ここはすぐに修繕《しゅうぜん》させる。戻ろう。昼食の時間だ」

ようやく抱きしめていた腕が離れたが、そのまま手を取られ、引かれていく。ルーフェは逆らうことなく、白明の背を追った。

先ほどの、おそろしいまでの執着は前世では一度も感じたことのないものだ。

それに対して、恐怖と同時に、痺《しび》れるような歓喜を覚えた自分に、ルーフェは気づき、驚愕《きょうがく》した。

そんなばかな、と思う。

自分には、この男に執着されたいと思う理由などないはずだ。

もしそれを歓喜する心が本当にあるのなら、それはきっとリンファのものに違《ちが》いない。あの頃《ころ》確かに、リンファは白明の愛をひたすらに待ち続けていたのだ。

それ以外に、自分が白明の執着を喜ぶ理由などない。

今の自分には、なんの関係もないはず……。

だが、感情が湧《わ》き上がるのは、間違いなくルーフェ自身の中なのである。自分が自分でなくなるような、そんな不安定さを感じて、ルーフェは摑まれているのとは逆の手で胸元《むなもと》をぎゅっと握《にぎ》る。

――自分は、自分だ。リンファではない。

自分の前を行く白明の背を見つめながら、ルーフェは自分自身に言い聞かせるように、そう考えていた。

だが、その日の夜になっても、その感情がルーフェの胸から完全に去ることはなかったのである。

◆

「今日は、二胡を弾《ひ》いていないようだな」

「……あまり気分が乗らなくて」

白明の言葉に、ルーフェは静かに答える。昼食の席でのことだ。小食堂のテーブルに並べられた料理は、贅沢《ぜいたく》な食材を使いつつも、いつもよりさっぱりとした胃にやさしそうなものだった。

それというのも、昨日は一日、気分が優《すぐ》れないからとルーフェが寝台《しんだい》から出ることなく部屋に閉じこもっていたためだろう。

どうにも白明の顔が見たくなくて、そんな態度を取ってしまったのだ。そして一晩明け、今日もまた何もする気になれず、ルーフェは体こそ起こしていたものの、日がな一日ぼんやりしようとしていた。

自分は自分であるという当たり前であったはずのことが揺らいで、背中にべったりと不安がへばりつくようなそんな心地《ここち》がして……。

もちろん、今までだって自分の中にはリンファの記憶《きおく》があり、それが自分の人格形成に影響《えいきょう》しなかったわけではない。いや、リンファの続きとしての生が自分なのだから、影響などという度合いではないだろう。

だが、人は環境《かんきょう》に左右される生き物だ。父を知らず、母を亡くし、どこにも居場所のなかった、平民のリンファとは違い、ルーフェは貧乏《びんぼう》であっても男爵《だんしゃく》家の三男として、家族に愛されて育った。

リンファだった頃の自分とはもう違うのだという、自負のようなものが、ルーフェには確かにあったのだ。

なのに――まさかこんなにも、リンファに引き摺《ず》られるなんて……。

ここに来て以来、過去を思い出すことが増えたせいもあるだろう。だからといって、白明の執着に喜びを覚えるのはどうかしている。

自分は男だし、リンファだった頃の記憶がなければ、こんな気持ちになるはずがないのだから……。

白明に会えば、その気持ちがますます強くなる気がして、ついつい避《さ》けてしまった。だが、さすがにずっとというわけにはいかないのは、ルーフェも分かっている。

「まだ体調が優れぬか？」

「いえ、それはもう……。心配をかけてすみませんでした」

一日経《た》っても感情の整理はできていなかったけれど、昼食を一緒《いっしょ》にと言われて断ることができなかったのは、そういうわけだ。

「いや、よくなったのならよい」

白明はそう言ったけれど、あまり納得《なっとく》している様子はなかった。それはそうだろう。龍《りゅう》の番《つがい》であるゆえに、ルーフェが病気にならないはずであることを白明は知っているのだから。

だが怒《おこ》っているという様子ではない。ただ、何か物言いたげにも思える視線を向けられた気がした。

結局我慢《がまん》できずに、ルーフェはため息を零《こぼ》す。

「……なんですか？」

「うん？」

「何か、言いたいことがあるのでは？」

じっと見つめると、白明はぱちりと瞬《しばた》き、それから苦笑《くしよう》した。

「いや、体調がいいのなら、午後から付き合って欲しい場所があってな」

それは思いがけない言葉で、ルーフェは一瞬《いっしゅん》言葉に詰まる。

「ええと……政治的なことでしたら、それはちょっと……」

困惑《こんわく》しつつもそう口にしたルーフェに、白明はゆるりと頭《かぶり》を振《ふ》った。

「そうではない。ただ……少し出掛《でか》けようかと思ってな」

「え？」

意外すぎるその言葉に、今度こそルーフェは言葉を失ったのだった。

「すごい……」

『おそろしくはないか？』

「はい！　大丈夫《だいじょうぶ》です！」

下から聞こえる声に、ルーフェは声を張って答える。

こんなにも高いところに来たのは初めてだったが、おそろしさは感じなかった。むしろ気持ちがいい。視界の半分以上が晴れた空で、気持ちまで澄《す》み渡《わた》っていくような気さえした。

ルーフェは今、龍の姿になった白明の背に乗り、空を飛んでいるのだ。

少し出掛けようという提案にも驚《おどろ》いたが、それが王宮の外であったことや、移動手段が白明の背に乗ることだったことにはさらに驚愕した。

呆然《ぼうぜん》としているうちに支度《したく》がされていて、気づいたときには空を飛んでいた。

そうして空を飛ぶことを楽しんでいるうちに、眼下の景色は街から離れ、緑が多くなっていく。やがて、雲の中を通り、通常ならば登ることも難しいだろう峻厳《しゅんげん》な山の頂へと到着《とうちゃく》した。

奥宮を出るときに、碧が厚手の上着を用意してくれたのは、行き先を知っていたからなのだろう。

おかげで奥宮よりもずっと気温の低い山頂であっても、身を震《ふる》わせることなく済んだ。

「あっ」

白明が人の姿に戻《もど》り、一瞬宙に浮《う》いたルーフェを抱《だ》き留めるようにして下ろしてくれる。

「すまぬ、驚かせたか」

「い、いいえ、大丈夫です」

そう言いながら、ルーフェは辺りを見回した。

驚いたことに、こんな高い山の頂だというのに、そこには小さな建物がある。

それは、本当にこぢんまりとしたもので、平民の家としても小さいほどだった。随分《ずいぶん》と古いようでもあったが、誰《だれ》かが手入れをしているのか、傷《いた》んだ様子はない。

ただ、古色蒼然《こしょくそうぜん》とした佇《たたず》まいが、風雨にさらされたであろう長い年月を感じさせた。

「王家のものと、ここの管理を任されている一族だけが知る別宅の一つだ。山自体が王家の所有とされているから、ここに来るものはおらぬ」

ここならば、王宮の外であってもある程度安全が保証されているということなのだろう。

「こんな場所が……」

「ここは先代の王が作らせたものだから、比較的《ひかくてき》新しい」

白明はそう言ったが、それはおそらく最低でも二百年以上前の建物ということではないだろうか。

それがこれだけきれいに残っているのだから、管理者の一族というのが丁寧《ていねい》な仕事をしているのだろうと察せられた。

「市場のような、人も龍も多い場所には連れて行けぬから、せいぜいこのような場所になってしまうが……」

確かに、ここには誰もいないし、ルーフェが行きたがっていた市場とは対照的な場所だとは言えるだろう。

だが、それが不満かといえばそんなことはなかった。

「――二胡《にこ》を持ってくればよかったですね」

気づくと、そう口にしていた。

苦笑しつつ見上げると、白明は驚いたように目を瞠《みは》っている。その表情がおかしくて、ルーフェは笑った。

白明はぱちぱちと何度か瞬いたあと、ふわりとうれしそうに微笑《ほほえ》む。

こんなのは、ずるい。

先日の商人たちを呼びつけた件と同じように、白明は、ルーフェにできるだけのことをしようとしてくれているのだと、分かってしまうから……。

「とりあえず、中に入ろう」

促《うなが》され、手を取られて素直《すなお》にあとに続く。室内にはテーブルや椅子《いす》があり、ついたてで部屋の奥とは区切られていた。白明は部屋を通り抜《ぬ》け、その奥にある露台《ろだい》へと足を向ける。

空と、その下に雲海の見える、素晴《すば》らしい景色にルーフェは目を瞠った。まるでまだ、白明の背の上にいるかのような光景だ。

露台には、背もたれに透《す》かし彫《ぼ》りのされた美しい木製の長椅子と小さなテーブルがあり、並んでその長椅子に腰掛《こしか》ける。

驚いたことに、そこにはお茶の用意がしてあった。人の気配がないところを見ると、支度だけしてすでに去ったあとなのだろう。龍の姿は遠くからでも目に入るだろうが、それでも大した仕事だなと感心する。

ルーフェはポットの蓋《ふた》を取って茶葉がちょうどよく蒸《む》されているのを確認《かくにん》すると、茶杯《ちゃはい》に注いだ。

「その……なんだ。……一昨日《おととい》は、怖《こわ》がらせてすまなかった」

「え?」

ルーフェは白明の言葉に目を瞠った。それから白明はそのように取ったのか、とようやく気がついてあわてて頭を振る。

「いいえ、あれは、その、誤解をさせた俺も悪かったですから……」

白明は昨日一日ルーフェが部屋から出てこなかったのは、ルーフェが白明の剣幕《けんまく》に恐れをなしたせいだと思ったのだろう。

実際慄《おのの》いたのは、自らの感情にであったのだけれど……。

ルーフェが謝罪を受け入れたことに、白明は安堵《あんど》したようだった。茶杯に口をつけて、ほうと息を吐《は》き出している。

これまでずっと拒《こば》んでいたのに、王宮の外に連れ出してくれたのは、ルーフェの機嫌《きげん》をとるためだったらしい。

「そなたを閉じ込めるべきではないと、本当は分かっている」

茶杯から口を離《はな》した白明が、静かな声でそう言った。その声にはどこかもの悲しい色が滲《にじ》んでいる。

「だが、おそろしいのだ。……また失うのではないかと思うと」

「…………」

その言葉に、不思議と怒《いか》りは湧《わ》かなかった。

失ったのは、白明がリンファを疎《うと》んだからではないか。自業自得《じごうじとく》ではないかと、そう思うのに……。

白明の金の目が、じっとルーフェを見つめる。それはまるで、ここにあることを確かめるようだった。

じわりと、心の奥が熱を持った気がしたが、なぜか視線を逸《そ》らせない。白明が、ゆっくりと目を細める。

「俺は、本当に愚《おろ》かであった。二百年前……そなたを失って初めて、自分がどれだけそなたを愛していたのか思い知った」

深い悔恨《かいこん》と悲しみが、瞳《ひとみ》からも、声からも伝わってきた。同じくらいに、強い執着《しゅうちゃく》もまた……。

小さく体を震わせたルーフェに気づいたのか、白明の瞳がようやく逸れて、ルーフェもぎこちなく目を伏《ふ》せる。

「……そなたは知らぬことだろうが、あの当時リンファが弾《ひ》く楽器の音や歌声を、俺はずっと聴《き》いていた」

たまたま耳にしたわけではなく、リンファが二胡を奏《かな》でていると知って、その時間に合わせて近くの部屋まで足を運んでいたのだという。

「なんで、そんな……」

「直接会うことを拒みながらも、俺はずっと、そなたに焦《こ》がれていたのだ。王龍《おうりゅう》の番《つがい》が人族であった例はないという、それだけのことに拘《こだわ》って……素直になれなかった。本当に愚かだろう？　今更《いまさら》こんなことを言っても、許されるはずもないが……」

自嘲《じちょう》を込めた笑《え》みに、ルーフェはぎゅっと両手を膝《ひざ》の上で組むように握《にぎ》りしめた。

どうして……と思う。

どうして、あのときまっすぐに愛してくれなかったのか。愛してくれていれば、リンファもまた、ただまっすぐにこの男を愛しただろう。

今更だと思う。

許せないと思う気持ちと、もういいと思う気持ちを同時に感じながら、ルーフェは自分の手を見下ろす。

男にしては小さいが、リンファのものとはまるで違《ちが》う、骨張ったごつごつとした手だ。二胡を弾くことも上手《うま》くできない……。

自分はリンファではない。

なのに、なぜ……こんなにも胸が切なくなるのだろう。白明に愛されることを望んでいたのは、リンファである。そうである以上この切なさも、胸の痛みも、リンファのもののはずなのに……。

「二百年……二百年だ。人の身では考えられぬほどの長さだろう。その間ずっと、そなたを失った悔恨に苛《さいな》まれながらも、そなたと再び相見《あいまみ》えることだけを祈《いの》って過ごしてきた。生まれ変わったそなたを捜《さが》すことが、俺の人生の目的だった。一度は死へと追いやっておきながら、このような妄執《もうしゅう》を抱《いだ》く俺を、そなたが恐《おそ》れることは、無理もないのだろうと分かってはいるのだ」

それでも、そなたを想《おも》うことはやめられぬのだと、絞《しぼ》り出すような声で白明は言う。

だが、ルーフェの心は白明が思うのとは別のところにあった。

――おそろしいなどとは思えない。

それどころか、再び自分の胸は喜びに染まりつつあった。この胸にあるのが真実、自分の心なのかという疑問を置き去りにしたまま。

そうして、思う。もしも、自分がリンファなら……。

ルーフェは顔を上げ、白明を見つめた。

「……あなたが、誰《だれ》にも必要とされていなかった私を、自分の番だと言ってくれたときのことを、今でもはっきりと覚えています」

それはリンファの想いだ。今だけは、それを語ろうと思った。

本当はおそろしい。自分の心がリンファのものになってしまうのではないか、自分を失ってしまうのではないかと……そう思うと。

だが、それをおいても、本当のことを話すべきだと思ってしまった。

「伯父《おじ》の宿屋の食堂で、誰も真面目《まじめ》に聞くわけでもない二胡の演奏をしていたとき、あなたが……あなたと、緑翠様が入ってきた」

こんな場所に似つかわしくない二人だと思ったし、それは事実だった。だが、一曲演奏を終えたリンファに、そのうちの一人が迷うことなく歩み寄ってきたのだ。

「私は、自分が求められたのだと思うと、それだけでうれしくて、その瞬間《しゅんかん》にあなたに心を捧《ささ》げていた」

誰にも求められない、どこにも居場所のない自分を、必要としてくれるのだと思った。それだけで全《すべ》てを捧げても構わないと思うほど、リンファの人生は苦しいものだったから。

「王宮に着いてからは、それを受け取ってもらえなかったことが、ただただ悲しかった……」

リンファの胸にあったのは、悲しみと諦念《ていねん》だった。

――ああ、そうか……。

口にして初めて、ルーフェは理解した。

リンファは憎《にく》むよりもむしろ、悲しかったのだ。

やはり愛されないのだと、ここにも居場所はないのだと……。まったく憎まなかったとは言わない。だが、リンファは諦《あきら》めてしまった。自分の扱《あつか》いを当然のことだと受け入れていた。

リンファの人生は常に、そういうものだったから。

「……リンファ」

その名で呼ばれたことを、ルーフェは否定せず、俯《うつむ》いてそっと目を伏せる。

憎んだのはルーフェとして育ったからだったのだと、ようやく気づいた。ルーフェには理不《りふ》尽《じん》を怒《おこ》ることができるだけの、自尊心があった。家族の愛が、ルーフェをそう形作ってくれたから。

「すまない……本当に、すまなかった……」

抱《だ》き寄せられて、ルーフェは息を呑《の》む。背がきしむほど強く抱きしめられ、そのまま何度も謝罪を口にする白明の声を聞いていた。

憎んでいるのも、恨んでいるのも、リンファなのだと思っていたけれど、本当はそうではなかった。自分だったのだ。

しかしそれも、リンファが許しているのなら、いつまでも持ち続けていくべき感情では、きっとない。

そっとその胸を押し返すと、白明の腕《うで》の力が緩《ゆる》む。ルーフェは顔を上げ、白明を見つめた。

「……あの死はもう、随分《ずいぶん》と昔のことで、殺されたのも正確には俺ではありません。殺したのも、陛下ではないでしょう？　そんなに、謝らないでください。……もういいのです」

その言葉は、嘘《うそ》ではない。

自分が思うよりもずっと、白明にとってリンファの死は過去のことではなかったのだと分かった。二百年経《た》った今でも、ずっと強く後悔しているのだと、それが伝わったことでようやく許そうと、そう思えたのだ。

「リンファはもう、いないのですから」

少なくとも、番だと告げられた瞬間から、死ぬまでずっと、白明に心を捧げたままだったリンファは死んだのだ。

「だが、そなたは……ルーフェはここにいる」

白明の顔が、耐《た》えられない悲しみに歪《ゆが》み、まるで彼自身を支えるために必要だというように再び抱きしめられる。

「そなたを、愛させて欲しい」

それがどういう意味なのか、分からなかったわけではない。

拒否《きよひ》することも、できたのだろう。

「────……一度だけなら」

それでもそう頷《うなず》いたのは、リンファの想いを昇華《しょうか》したいと、そう願ったからかもしれない。

その先に、何があるかは分からないけれど……それでも、そうすることが、必要だと思った。

白明にも……そして、ルーフェ自身にも。


「っ……」

何度目か分からない口づけの合間に、ルーフェは熱のこもった吐息《といき》を零《こぼ》す。

ついたての向こうにあったのは、寝台《しんだい》だった。きれいに整えられていたその寝台の上で、ルーフェはゆっくりと服を剝《は》ぎ取られていく。

白明が火鉢《ひばち》に火を入れてくれたため、室内はほんのりと暖かく、寒さを感じることはなかった。いや、それどころか、白明に体のあちらこちらを撫《な》でられるうちに、少しずつ体がほてり、汗《あせ》ばむほどになっていく。

前回とはまったく違う触《ふ》れ方に戸《と》惑《まど》い、確かに高められていく体に羞恥《しゅうち》が募《つの》る。やはり、領くのではなかったと何度か思ったけれど、今更《いまさら》やめろと言うことはできなかった。

同じように服を脱《ぬ》いだ白明が、自らの快楽を置き去りにして、ルーフェに奉仕《ほうし》してくれていることが分かっていたからだ。

「ひ、ぁっ……」

撫でられて、赤く尖《とが》った乳首《ちくび》を白明の唇《くちびる》がそっと吸い上げる。

ちろちろと舌で撫でられると、そんなことにも体が震《ふる》えた。そこが自分の弱いところなのだと、教えられるような行為《こうい》が恥《は》ずかしい。

愛させて欲しいという言葉に嘘はなく、ただひたすらにルーフェに快感を覚えさせる行為ばかりが続いていく。

堪《たま》らなく恥ずかしいと思うが、そんな気持ちも徐々《じょじょ》に快楽に押し流されていった。

とろとろと体が溶《と》け出すのではないかというほど、隅々《すみずみ》まで愛撫《あいぶ》されて……。

そしてそれは、白明がルーフェの胸元《むなもと》にある逆鱗《げきりん》に口づけたとき、決定的なものになった。

「あ、あっ……ぃっ……」

体温が一、二度上がったのではないかと思うほど熱く、同時に今日はまだ触れられていない体の奥が疼《うず》く。

「このほうが、楽だろう」

「ら、く……？　あ……っ」

開いた足の奥に、白明の指が触れた。途端《とたん》、そこがひくりと震える。

「逆鱗に口づけられることで、番《つがい》の体は男を迎《むか》え入れる準備を始める」

「んっ、ああ……っ」

指が中に入り込んでくるのが分かった。痛みはなく、むしろ指の一本ではもどかしいような、そんな気さえして……。

言われてみれば、前回も胸元に口づけられた直後、体が熱くなった気がする。

「ひ……ぁん……っ」

体は前回の快感を、まだはっきりと覚えているようだった。本数を増やされても痛みはなく、柔軟《じゅうなん》に白明の指を呑み込み、締《し》め付けている。

むしろ、気持ちがいいばかりで……。

「あ……っ……あぁ……っ」

三本の指で開かれて、中をかき混ぜられ、先走りがとろとろと零《こぼ》れ落ちていくのが分かる。

けれど、これではまだ足りなかった。

もっと熱くて、大きなものを知っている。深い場所まで埋《う》められる快感を……。

「も…っ、はや、く……っ」

「ああ……欲しがってくれるのだな」

うれしそうにそう言われ、恥ずかしいと思うより先に、ルーフェは頷いていた。

「いくらでもくれてやろう」

途端に指が抜《ぬ》かれ、足の間に白明が入り込む。指でとろかされた場所に、熱いものが押し当てられた。

「ひ、あっ…ああ――――……っ」

ゆっくりと入り込んできたものに中を満たされて、濡《ぬ》れた声が零れる。

深い場所まで埋められて、自分のそこがぎゅっと白明のものを締め付けるのが分かった。

「そんなに欲しかったのか？」

「んっ……あっ、あっあっ」

今度はずるりと抜き出された。そのまま浅い場所で抜き差しされて、気持ちのいい場所を擦《こす》られる。

もう気持ちがよすぎて、頭がおかしくなりそうだった。

なのに、白明は容赦《ようしゃ》なく中をかき混ぜてきて……。

「あっ、あぁ……っも、イク……っ」

「好きなだけイケばいい」

「ひっ、あっあぁっ……！」

ぐっと奥まで突《つ》き入れられた衝撃《しょうげき》で、ルーフェは膝《ひざ》で白明の腰《こし》を強く挟《はさ》み込み、イッてしまった。

しかし、ルーフェがイッたあとも白明のものは大きいまま、何度も抜き差しを繰《く》り返す。

「はぁっ、あっ、あ…んっ」

イッたばかりで敏感《びんかん》になっている粘膜《ねんまく》を擦られて、強すぎる快感にガクガクと体が震えた。

「あ、あぁ……んぁっ」

深くまで突き入れられたかと思うと、今度は引き抜かれる。

「やっ、な、何……ああっ……！」

転がすようにうつ伏《ぶ》せにされ、腰を高く持ち上げられたと思うと、今度は背後から貫《つらぬ》かれた。

「ひ、んっ、あっあっあっ」

激しく腰を打ちつけられて、奥を突かれるたびに押し出されるように声が零れる。

イッたばかりのそこが、先走りを零し始めるまでにさほど時間はかからなかった。震える膝は何度も崩《くず》れそうになったが、そのたびに白明の腕が支え、引き寄せるようにして奥まで穿《うが》たれる。

だが、やがてひときわ深く突き入れて、白明が動きを止めた。

「あっ、ああ――――……っ」

白明のものを受け止めて、中が快感にびくびくと震えているのを感じながら、ルーフェはゆっくりと意識を手放した……。

◆

空がきれいに晴れ渡《わた》った午後。ルーフェは碧と共に、王宮の庭を散歩していた。

白明に奥宮から連れ出された日から、五日が経《た》っている。

あの日、ルーフェが白明の謝罪と想《おも》いを受け入れたことで、白明は幾分《いくぶん》気持ちに余裕《よゆう》ができたのだろうか。ルーフェの待遇《たいぐう》には変化があり、それまでよりも少し広い範囲《はんい》まで王宮内を歩き回れることになった。

といっても、碧の付き添《そ》いは必須《ひっす》なのだが……。

碧とも最近では随分《ずいぶん》と打ち解けたため、苦ではないのだけれど。

「碧は美術品なら何が好き?」

「私は……そうですね、あまり考えたことはありませんでしたが、今日見た陶器《とうき》などは美しいと思いました」

碧の言葉に、ルーフェはなるほどと頷く。

「確かに素晴《すば》らしいものばかりだったね。もちろん、普段《ふだん》お茶を淹《い》れてもらっている茶器も、大変価値のあるものだけれど」

碧が陶器に興味があるのは、普段から触れているものに近いというのもあるのかもしれないと思う。先ほど見た陶器の中には、とうに失われた技術で作られたものや、名工の手によるものも多くあり、美術品が専門というわけではないルーフェにも大変目の保養になるものばかりだった。

ルーフェが許可された範囲は白明の居室が近い場所までであり、誰《だれ》かに会うこともあまりない。ただ、絵画などの美術品や本、古い書物などの収められた部屋にも足を運ぶことができ、ルーフェの楽しみの一つとなっていた。

また、いくつかある庭は様々な国の特徴《とくちょう》ごとに分かれていて面白《おもしろ》いし、建築様式にも変化があるらしい。リンファの祖国、マカライ王国の様式を色濃《いろこ》く残す奥宮とは違《ちが》い、王宮の中は西側の大国である、ルトレア帝国《ていこく》の建築様式の建物となっている。

ルトレア帝国は少し前に建国百五十年を迎えた国であり、今なお権勢を誇《ほこ》ると同時に、文化の水準も高い。

龍《りゅう》の国には全《すべ》ての文化の粋《すい》が集まってくるが、流行の最先端《さいせんたん》といえばルトレア帝国であるというのが貴族や商人たちの間でも常識となっている。

ルーフェの暮らすレン王国でも、ルトレア帝国式の建物は年々増えていたし、帝国で作られた商品は人気が高く、服飾《ふくしょく》や食文化などを中心に貴族の間で持て囃《はや》されていた。

女性のドレスの流行は、ほとんどが帝国から発信されると言ってもいいだろう。

そういえば、先日呼ばれた商人の中にも、ルトレアのものがいたなとぼんやりと思い出していたときだった。

「ルーフェ」

名前を呼ばれて、ルーフェが顔を向けると、渡り廊下《ろうか》に白明の姿がある。

「散歩か？」

「はい。奥宮へ戻るついでに寄らせていただいていたところです」

「俺も奥宮へ戻《もど》るところだった。そなたと茶でもと思ってな。少し話もある」

話とはなんだろうと少し不思議に思ったが、お茶を飲みながら、というならそのときでいいだろう。ルーフェは頷《うなず》いて、白明と共に奥宮へと戻ることにした。

先触《さきぶ》れが出ていたのだろう。戻ると庭の東屋《あずまや》に、お茶の準備が整っていた。先ほど見た陶器のことをまた思い出して、やはりこうして使われているものも素晴らしいと思い直す。

もちろん、茶器に変化があったわけではない。変化があったのは、ルーフェのほうだろう。

周りを見る余裕ができた、ということなのだろうと思う。

変わったのは白明の態度だけではないと感じるのは、こういうときだ。

あのとき、リンファが確かに白明を愛していたのだと認め、白明の謝罪を受け入れたことは、ルーフェの心にも変化をもたらしていた。

自分もまた、これ以上白明を恨《うら》む必要などないのだと思えたのである。もちろん、リンファと同じように、白明に心を捧《ささ》げているわけではないけれど……。

それでも、許すことで楽になったことは確実にあったのだ。

「話というのは？」

「実はな……」

そう言って、白明が話したのは、王宮で開かれるという夜会の話だった。

「帝国式、ですか」

「ああ。ここ数十年ですっかり定着したな」

龍の国でもそうなのか、とルーフェはルトレア帝国の影響力《えいきょうりょく》の強さを改めて認識《にんしき》する。

「その夜会に、共に出席して欲しいのだ」

「と言われても……俺は男ですから、ドレスを着ることも、陛下のダンスのお相手を務めることもできませんよ？」

帝国式の夜会では、男性は一人で出席するか、女性をパートナーとしてエスコートするのが普通《ふつう》だ。

夜会が始まれば、男女でダンスを踊《おど》る場合もある。ルーフェは一応貴族だけれど、貧乏《びんぼう》な上に三男であることもあって、夜会になど顔を出したこともない。ダンスは一応習ったが、踊れるのは基本の型だけで、その上当然だが男性のパートのみだ。

「ドレスもダンスも必要はない。ただ俺の隣《となり》にいてくれればよい。もちろん、だまし討《う》ちで婚《こん》姻《いん》の発表をしたりもしない」

「……まぁ、そういうことでしたら」

そこまで言うならば、とルーフェは渋々《しぶしぶ》ながら頷いた。不安がないわけではないが、三ヶ月は長い。ただ隠《かく》され、閉じ込められて過ごしているよりは健全だろうという気もする。

「そうか。引き受けてくれるか」

「それで、いつなのです？」

楽しげに言った白明に、ルーフェがそう尋《たず》ねると、まさかの「今夜」という答えが返ってきた。

「それはまた……随分急な話ですね」

「ずっとそなたの出席を求められてはいたのだが、俺がそなたをここから出したくなかった。告げるのが遅《おそ》くなったことは悪かったと思っている」

などと言われて、ルーフェは苦笑《くしょう》する。

まぁ女性と違ってそれほど支度《したく》に時間がかかるわけでもない。

「何か、覚えておくべきことはありますか？」

「いや、先ほども言ったが、そなたはただ俺の隣にいてくれればよいのだ」

「本当にそれだけでいいのですか？」

覚えておくべき人物などがいるのではないかと思ったが、白明は本当にそれでいいと言う。

確かに、この国で最も尊い立場にいるのは白明であり、白明以上に敬うべき相手はいないのだから、いいのかもしれない。

むしろ、自分が顔を見せ、挨拶《あいさつ》を受けることが肝要《かんよう》なのだろう。

……外堀《そとぼり》を埋《う》められているのではないだろうな？　とちらりと思ったが、だまし討ちはしないという話だったし、信じるしかない。

「服はのちほど届けさせる。帝国式の服を纏《まと》ったそなたを見るのが楽しみだ」

白明はそう言うと、楽しげな笑《え》みを浮《う》かべたのだった。


「なんだか、不思議な感じ……」

久々に身に纏った帝国式の服に、ルーフェは違和感《いわかん》を覚えて苦笑する。本来はこういった服のほうが、慣れていたはずなのだが、ここに来てからはずっとマカライ王国風の衣装《いしょう》を身につけていたためだろう。

本当に、奥宮だけは二百年前でときが止まっているかのようだった。

「奥宮が、マカライの色を濃く残しているのって、やっぱり陛下の意向なんだよね？」

支度を手伝ってくれていた碧に尋ねると、碧はこくりと頷く。

「陛下は王宮や国でどのような文化が持て囃されようと黙認《もくにん》しておりますが、奥宮にだけは手を出さぬようにと強く求められました。そうしてわずかな私人としてのお時間のほとんどを、奥宮で過ごしていらっしゃいました」

「そうか……」

リンファのことを思って過ごしていた、ということなのだろう。

だがそう考えても、やるせなさを感じることはもうなかった。

しかし、その白明が、ルーフェが帝国の衣装を纏うのを楽しみにしていると言ったのは、ある意味画期的なことかもしれない。

ルーフェがリンファという過去から解き放たれつつあるように、白明もようやく過去から解放されたのだろう。

ようやく時間が動き出したのだ。そのほうがいいと、素直《すなお》に思える。

「最後にこちらを」

ほとんどの支度を終えたルーフェに、碧が差し出したのは、イエローダイアモンドのついたクラバットピンだった。

先日奥宮に呼ばれた商人から買ったものの一つだ。

夜会服の縫製《ほうせい》に使われた布地も、あのとき買ったもののうちの一つであり、デザインしたのはあのとき帝国の商人が連れていたデザイナーとお針子であることも聞いていた。

無駄《むだ》にならずに済んでよかった、と思うべきなのだろうか……。実家にある全てのものを売り払《はら》っても買えないだろうピンを、ルーフェは慎重《しんちょう》な手つきでクラバットにつける。

「大変よくお似合いです」

碧の言葉に苦笑しつつ、曲がっていないかと鏡をのぞき込む。問題はないようだと、そう思ったとき、扉《とびら》が開いた。

入ってきたのは、もちろん白明だったのだが……。

「ああ、よく似合っているな」

鏡の中に映った白明の姿に目を奪《うば》われていたルーフェは、その声にギクシャクと振《ふ》り返った。

「どうした？　緊張《きんちょう》しておるのか？」

「……いえ」

白明は、ルーフェに似合っていると言ったが、そんな言葉は白明を見れば霞《かす》んでしまう。

いつものマカライふうの衣装とは違《ちが》う、帝国《ていこく》式の服を身につけた白明は、おそろしいほどに美しかった。

美しいといっても女性的なものではない。男らしく整った美貌《びぼう》だけでなく、体格のはっきりと分かる服のせいで、肉体美まではっきりと伝わってくる。芸術品のような美しさだ。

ルーフェの着ている夜会服と、形は大まかには同じはずなのに、明らかに格の違いを感じる。

――――夜会の間中、この人の隣にいるのか……。

昼間聞いたときは感じなかったが、途轍《とてつ》もない拷問《ごうもん》なのでは？　とようやく気づいた。

もちろん今更《いまさら》どうしようもないのだが。

「では行くぞ」

「……はい」

こうなると身に纏っているものだけでも一級品であったことに、感謝するべきかもしれないと思いつつ、ルーフェは差し出された手を取った。

いつもと違い、手袋《てぶくろ》に包まれた手に緊張する。本来ならば素手で触《ふ》れるほうが、畏《おそ》れ多いと思うべきなのだろうが……。

そんな自分に内心で苦笑すると、少し緊張が解《ほぐ》れたようだった。

奥宮を出て、王宮へと向かう。

こちらのほうまで来るのは初めてで、ルーフェはあまり目立たぬ程度に辺りに視線を向ける。

「夜会用のホールは、王宮内で最も新しく建てられたものになる。だが、そなたにはかえって見慣れた建築だろう」

「そんなことはありません。俺のような身分では、夜会に出ることもありませんから……」

「そういうものか」

「ええ。ですから、本当にただ立っているだけしかできませんよ」

念を押すように言うと、白明は笑って頷《うなず》く。

「それでいい」

その笑顔に少しだけ励《はげ》まされたが、会場に入るとまた緊張に背が強《こわ》ばった。

大ホールにはすでに多くの龍族《りゅう》がいたが、白明とルーフェが入場すると、流れる音楽以外の音が消える。

美しいシャンデリアは、ルーフェが見たこともない大きさで、その下の美しく着飾《きかざ》った人々をきらきらしく照らしている。

あまりにきらびやかな世界に圧倒《あっとう》されつつも、どうにか足を進められたのは、隣に立つ人物こそが最も目映《まばゆ》かったからに他《ほか》ならない。

そうでなければ入り口から一歩踏《ふ》み出すことすら、難しかっただろう。

突《つ》き刺《さ》さる視線は、それが物理的なものならば百回は死んでいそうなほどの量だった。だがこういったときに顔を伏《ふ》せることが得策でないことは分かっている。

ルーフェは敢《あ》えて胸を張り、顔を上げて、誰《だれ》とも目の合わないような場所に視点を定めてただじっとしていた。

そうするうちに白明の短い挨拶も終わり、再びざわめきが戻《もど》ってくる。

周囲に気づかれないように、細く長く息を吐《は》き出しながら、こういうとき女性ならば扇《おうぎ》があって便利そうだな、などと詮無《せんな》きことを考えてしまった。

それほどまでに緊張した。――――いや、している。

分かっていたことだが、今度は客である龍族たちが引きも切らず挨拶にやってくる。

名前を名乗られても、当然ながらルーフェには分からない。ひょっとすると、リンファとして会ったことのある相手がいるかもしれないが、覚えはないし、なによりルーフェとしては全《すべ》てが初対面なのだからと気にしないことにする。

そして、最初のほうに来るものほど身分が高いのだろうからと、できるだけ名前と顔を覚えるように努力はする。

商家で働いていることもあって、ルーフェは人の顔と名前を覚えるのは得意だったが、五十組を超《こ》える頃《ころ》には諦《あきら》めつつあった。

中には一瞬《いっしゅん》だがルーフェを見下したような目で見てくるものもいて、前世を思い出してうんざりしたというのもある。

よく白明の前でこのような態度を取るものだなと、思わなくもないのだが……。

「疲《つか》れたか？」

「いえ……と言いたいところですが」

正直疲れたと苦笑《くしょう》するルーフェに、白明はわずかに眉尻《まゆじり》を下げ、近くに控《ひか》えていた緑翠を呼ぶ。

「そろそろよいな？」

「はい。予定していたものは全て済んでおります」

緑翠の答えに白明は頷いた。

「役目は終わりだ。奥宮へ戻ろう」

「いいのですか？」

随分《ずいぶん》と早めの撤収《てっしゅう》ではないだろうか？

「ああ。十分だ」

自分のせいだろうかと不安だったが、白明の言葉に嘘《うそ》はなさそうだった。内心ほっとしつつ、緑翠に視線を向けると、丁寧《ていねい》な礼が返ってくる。どうやら本当に問題ないようだが……。

「あとは頼《たの》んだ」

「かしこまりました」

白明はルーフェの手を取ると、さっさと会場をあとにしてしまう。

「……本当によかったんですか？　陛下だけ戻られては……」

会場を離《はな》れ、人気《ひとけ》のなくなったところでもう一度問う。

「問題ない。緑翠も言っていたであろう？」

「まぁ、確かに」

実際、挨拶《あいさつ》の列も一旦《いったん》収まったところではあったのだ。主要な人物からのものは本当に済んだのだろう。もちろん、残れるならば残ったほうがよかったのだろうけれど。

「そろそろ腹も減る頃だろう？　あの場では落ち着いて食事もできぬしな。せっかくだから帝国式のものを奥に用意させてある」

「ありがとうございます」

実際あの場では水分を取るのが精一杯《せいいっぱい》だった。緊張で空腹も忘れていたが、言われてみると確かに腹が減っている。

小食堂にはナイフやフォークといった、帝国式の食器が用意されており、二人が席に着くと次々に食事が運ばれてきた。海鮮《かいせん》を使った前菜はちょうどよく舌を刺激《しげき》し、スープや温かいサラダはやさしい味わいだ。メインの羊肉はくせがなく、柔《やわ》らかくておいしかった。

「こういった料理も龍の国では普通《ふつう》に食されているんですか？」

「そうだな。美味《うま》いと思うものはすぐに取り込んでいく。我々は自分で文化を創《つく》り出すことにはあまり興味がないが、その分、人の作るものには興味が尽《つ》きぬからな」

その辺りの性質には変わりがないらしい。不思議なものだと思う。

常に新しい文化に触れたいと貪欲《どんよく》に人の文化を取り込みながら、自ら創り出さないがゆえに固執《こしつ》することもない。だからこそ常に流動的に、そのときどきの文化の粋《すい》が集められる。

白明が、マカライの文化に固執したことが、異質なのだ。それも、先日わだかまりが解消されたことで、消えていくのかもしれないが……。

「レン王国でも帝国式は持て囃《はや》されているのだろう？」

「ええ、そうですね。特に貴族はそうです。もっとも、それに抗《あらが》おうという勢力もなくはないのですが……」

自国の文化を大切にするべきだという主張はある。だが、多くの貴族が、帝国式《ていこく》を買い求める以上、そちらに流されることはどうしようもない。

「龍の国がなければ、とっくに自国の文化は破壊《はかい》し尽くされていたかもしれませんね」

帝国式のものでは、帝国の商人に敵《かな》うべくもない。各々《おのおの》の国の文化が生き残っているのは、自国にも龍の国に文化として認められるものがある、という国の矜持《きょうじ》を守るためになりつつあった。

「それでも無くなっていくものは多くあるがな」

「……ある意味、仕方のないことです」

マカライ王国の文化も、もうここ以外では生きてはいない。

「どんなものであっても、いずれ消えていくのは……摂理《せつり》というものですから」

それは、マカライ王国だけのことではない。リンファという存在もまた同じなのだろうと、ルーフェは思う。

白明が、どう考えているかは分からないけれど……。

「確かにそうなのだろうな……」

そう言った声は、ルーフェの言葉を肯定《こうてい》しつつも、どこか淋《さび》しげな響《ひび》きを帯びていた。

やはり、リンファのほうがいいのだろうと、今更《いまさら》ながら思う。

――それはそうだ。

白明が見つけ、連れ帰ったのは……亡《な》くしてようやく愛していたと知ったのは、リンファなのだから。

二百年もの間愛され続けた彼女と自分は、性別からして違《ちが》う。ただ逆鱗《げきりん》を与《あた》えられているというだけの、完全な別物だ。

リンファであれば、白明に愛されさえすれば、その愛を返し、子を産むこともできただろうに……。

一体、白明はこれからどうするつもりなのだろう。

前に進むことのできるようになった今の白明は……。

少しずつ空になっていく皿を見ながら、ルーフェはそんなことを考えていた。

◆

「久々だな……」

音を立てて水滴《すいてき》を落としている灰色の雲を見つめ、ルーフェはため息を吐《つ》く。

王宮の庭の一つにある東屋《あずまや》で、ルーフェは雨宿りをしていた。散歩の途中《とちゅう》で、急に雨が降り出したのである。

午前中は二胡《にこ》を弾《ひ》き、白明と昼食を摂《と》った後は美術品を鑑賞《かんしょう》したり、借りる書を選んだりするために王宮へ出向き、庭の一つを散歩して奥宮へと戻《もど》る。そして、お茶を飲みつつ選んだ書を読み、夕食までの時間を過ごす、というのがここのところのルーフェの日課だ。

だが、こうして雨に降られることは珍《めずら》しい。

幸い近くにあったこの東屋に逃《に》げ込んだため、ほとんど濡《ぬ》れることはなかったが……。いつもそばにいる碧は、傘《かさ》を取りに行っており、ルーフェは珍しく一人だった。

碧が濡れてしまうし、雨の庭も濡れない場所で眺《なが》める分には悪くはない。止《や》むまで一緒《いっしょ》に雨宿りしていればいいとルーフェは言ったのだが、雨脚《あまあし》は強くなる一方でまったく止む様子がなく、碧を引き留めきれなかったのである。

借りてきた書がなければ、自分も一緒に走ってもよかったのだが……。

そんなことを思いつつぼんやりと、雨に濡れる庭を見ていると、傘を差した人物がこちらに近付いてくるのが見えた。どうやら女性の二人組のようだ。

奥宮とは違い、人がいるのもおかしくはないのだが……。

「あら、番様《つがい》ではございませんの」

そう言ったのは、こんな雨の中だというのに、帝国式のドレスで美しく着飾《きかざ》った女性だった。その顔には見覚えがある。一人は夜会で挨拶を受けたはずだ。もう一人は、どこでというのは分からないが、なんとなく似た顔を知っているような気がした。親族の挨拶を受けたのだろうか……。記憶《きおく》を辿《たど》りつつ、とりあえずは笑《え》みを浮《う》かべる。

「庭歩きの途中だったのですが、生憎《あいにく》の雨で……紅華《こうか》様もせっかくのお召《め》し物が……」

ようやく思い出した名前を口にすると、相手は満足気に微笑《ほほえ》む。だが半歩後ろの女性の名前はやはり覚えがない。

「大したものではございませんから……。あぁ、こちらはわたくしの友人です。紹介《しょうかい》させていただいてもよろしいかしら?」

初対面だったかと内心ほっとしつつルーフェが頷《うなず》くと、紅華に促《うなが》された女性が半歩前に出て並ぶ。

「鈴子《りんし》さんです。お父様が王宮で働いていらっしゃるの」

「鈴子と申します。番様にご挨拶させていただいて光栄でございます」

傘を手にしたまま深く頭を下げた鈴子の肩《かた》が、雨に濡れる。

「ご丁寧にありがとうございます。よろしければお二人ともこちらへどうぞ。私は供の者が戻ればすぐに去りますので」

「ご親切にありがとうございます。うれしいわ、わたくし、あなた様には仲良くしていただきたいと思っておりましたの」

その言葉に、ルーフェはどこか違和感《いわかん》を覚える。

夜会で、紅華は両親に連れられて、かなり早い段階で挨拶《あいさつ》に来た。父親が龍《りゅう》の国の中で高い地位にあることは間違いない。

だが、彼女がルーフェを下に見ていい理由はない。

もちろん、ルーフェには白明の番である矜持などはないため、見下げられたところで構わないのだが、実際は問題のある態度だろう。

リンファのように、白明自らが尊重していないと公言しているならばまだしも、ルーフェは夜会でもエスコートを受けている。

この雨で、周囲に会話が聞かれることはないから大丈夫《だいじょうぶ》だろうとは思うが、もし誰《だれ》かに聞かれれば彼女が咎《とが》められる可能性もある。

「ご迷惑《めいわく》でしたかしら？」

「い、いいえ。そういうわけではありません」

紅華の言葉に、ルーフェは頭《かぶり》を振《ふ》った。

「そうではなく、私はいずれここを出て行く……かもしれない立場ですので……」

曖昧《あいまい》な返答を口にしながら、ルーフェは内心驚《おどろ》いていた。

少し前まで三ヶ月経《た》ったら絶対に出て行くと思っていたのに、迷っている自分に気がついたためだ。

「まぁ！」

紅華は何を思ったのか、そんなルーフェに大げさに驚いてみせた。

「安心いたしました」

「安心、ですか？」

どういう意味かと、ルーフェは首をかしげる。

「ええ。わたくしは王妃《おうひ》になるのだから、あなた様とは今後も顔を合わせることもあるでしょうし……わたくしたちの仲が悪いとなれば、陛下がお心を痛めるのではないかと、心配しておりましたの」

「王妃？　――……それは、一体どういうことでしょうか？」

本当に何を言っているのか分からなかった。

正直相手の正気を疑いそうなほどだったが、ルーフェを見つめる紅華の目に狂気《きょうき》が宿っているようには見えない。

「陛下に何も聞いていらっしゃらないのね」

その言葉は、どこか不吉《ふきつ》な雰囲気《ふんいき》を纏《まと》っていた。

「御子《おこ》は番様でなければ産めないけれど、王妃ならば人族の男などより、わたくしのような地位のある龍のほうが陛下のお役に立てるというもの……。先ほど出て行くとおっしゃいましたけれど、早く御子が生まれればよいですわね。御子さえお生まれになれば、いつでも出て行ってくださって構わないのですもの」

「御子……子ども？」

番でなければ産めない？　いや、今の言い方ではまるで……。

鈴子が紅華の名を呼び、耳元で何かを告げる。

「紅華様」

「あら……。では、今日のところはこれで失礼いたしますわね」

紅華はそれだけ言うと、鈴子と共にあわてたようにこの場を去る。

あとには、呆然《ぼうぜん》とするルーフェだけが残された。

もちろん、ルーフェには二人を引き留めるような余裕《よゆう》はない。今ぶつけられた言葉を理解しようとするだけで精一杯《せいいっぱい》だった。

――――御子は番様でなければ産めないけれど、王妃ならば人族の男などより……。

彼女は間違いなく、自分が人族の男であることを理解している。

そして同時に、番であれば子を産めるとも言った。いや、正確には、番でなければ産めないと言ったのか……。

逆鱗を与えられれば他種族であっても龍の番になり、子をなすことができるようになると緑翠から聞いてはいた。

だがそれは女だった場合であり、自分は男なのだから、子どもなんてできるはずがない。

ずっとそう思っていたし、そもそも、龍の間ならば番でなくとも子ができるのだと聞いていた。けれど、それはどちらも間違《まちが》っていた、ということなのだろうか……。

「お待たせいたしました」

かけられた声に、ルーフェはハッとして顔を上げた。髪《かみ》を濡らし、傘を手にした碧が立っている。その顔がすぐに心配そうなものになった。

「いかがなさいましたか？　お顔の色が優《すぐ》れませんが……」

「え、あ……いや……」

どうやらあの二人は、碧が戻ってくるのが分かって去って行ったらしい。

「――――誰か、来たのですね？」

東屋の近くに残っていたらしい足跡《あしあと》を見て、碧の顔色が変わる。

「まさか何かされたのですか？」

「ち、違うよ」

ルーフェはあわてて頭を振る。だが、人が来たことはごまかせそうにない。

「この前の夜会で挨拶をしたご令嬢《れいじょう》が雨宿りに……それで、単に仲良くして欲しいって言われただけ。すぐに迎《むか》えが来て出て行ったし……」

嘘《うそ》を吐《つ》くのは心苦しかったが、何かあったと知られれば、ここにルーフェを置いていった碧が叱責《しっせき》されるかもしれない。

それに、実際なにかされたのかと言われれば、それほどのことではないとも思うのだ。

「そうでしたか……。お一人にして申し訳ございません。とりあえず、お体が冷えますから早くお部屋に戻《もど》りましょう」

その言葉にルーフェは素直《すなお》に頷く。このままここにいる理由はない。

書が濡《ぬ》れないように懐《ふところ》に入れ、碧から傘《かさ》を受け取ると、建物の中へと入る。

「風呂《ふろ》の支度《したく》をするように言っておいたので、すぐ入れますが、いかがなさいますか？」

「支度してくれたのなら……入ろうかな」

濡れたわけではないから大丈夫なのだが、支度ができているというなら無駄《むだ》にするのも悪い。

それに少し冷えたような気がするのも事実だった。

「でも、むしろ俺より碧が入ったほうがいいんじゃないかな」

多少拭《ぬぐ》われてはいたが、髪も肩もまだ湿《しめ》っているようだ。

「いえ、私は大丈夫です。ご心配をおかけして申し訳ございません」

確かに、龍はこの程度で風邪《かぜ》を引くなどということもないのだろうが……。

考えてみれば、それはルーフェも同じはずである。そう口にすると、碧は大げさなほど首を横に振る。

「御身《おんみ》に何かあっては大変です。陛下は番様《つがい》を本当に大切に思っていらっしゃいますし……万が一のこともないようにと仰《おお》せつかっておりますから」

「そ、そっか……」

だが正直、どうして白明がこんなにもルーフェを大切にしてくれるのか分からない。

前は、一度死なせたことに対する贖罪《しょくざい》だろうかと、思っていた。だが、子を産めない番によくしても仕方がないだろうにとも思っていたのだ。

しかし……。

「あの……確かめたことはなかったけど、龍は番以外には子どもが産めないの……？　俺はずっと、龍同士なら番じゃなくても子どもができるんだと思っていたんだけど」

おそるおそる訊《き》いたルーフェに、碧はぱちりと瞬《またた》き、それから口を開いた。

「そうですね。正確には、番に逆鱗《げきりん》を与《あた》えた場合は、ということになりますが。龍は番に逆鱗を与え、逆鱗を与えられた番ならば種族や性別関係なく、子をなすことができるようになります。残念ながら、番が見つからないことも多いですから、逆鱗を与えずに龍の男女で夫婦《ふうふ》になり、子をもうけることも多いのですが……どうかなさいましたか？」

思わず足を止めたルーフェの下《もと》に、碧があわてて戻ってくる。

「い、いや、なんでもない」

作り笑いを浮《う》かべて、ルーフェはそう頭を振った。

だが、頭の中は碧の言葉でいっぱいになっている。

そうか、と思う。そういうことだったのか。

リンファだった頃《ころ》はまだ、自分は逆鱗を与えられてはいなかった。だからあの頃聞かされた言葉に、嘘はなかったのだ。まだ、白明は他《ほか》の龍《りゅう》との間に子をもうけることもできたのだから。

しかし、今は違う。

——今はもう、白明の子を産めるのは自分しかいない。

その事実は、ルーフェの上に重くのしかかってきた。

二百年も待ったのは、自分とでなければ子どもが作れないからだったのだろうと思えば、これまでのことも、強い執着《しゅうちゃく》も、全《すべ》て納得《なっとく》できる。

碧に促《うなが》されるまま風呂へと向かい、ルーフェは温かい湯に浸《つ》かる。

視線を落とすと、そこには白明に与えられた逆鱗があった。確かめるように逆鱗に触《ふ》れ、子どもの頃に試《ため》したときと同じように爪《つめ》を立てる。

もちろん、そんなことで剝《は》がれるはずがない。

「ふ……ぅ……っ」

気づけば、目尻《めじり》から涙《なみだ》が零《こぼ》れ落ちていた。

「なん……で……こんな……っ」

自分が泣いている理由が分からない。なのに、酷《ひど》く胸が痛んで……。

絶対に逃《に》げることは許さないと言ったのも、尽《つ》くしてくれるのも、自分を抱《だ》いたのも、全部子どもを産ませるためだったのだろうか。

ひょっとすると、すでに孕《はら》んでいる可能性もある。

あまり詳《くわ》しくはないけれど、三ヶ月もあれば妊娠《にんしん》したか確認《かくにん》することもできるのではないか……？

どこからどこまでが、白明の計略のうちなのか。

悔《くや》しいのか悲しいのかも分からず、ルーフェはただ、泣き続けていた……。

◆

「ルーフェ？」

白明の言葉に、いつの間にかぼんやりとしていたルーフェはハッとして顔を上げた。

手の中にあった茶杯《ちゃはい》は、もうすっかりぬるくなっている。

「何かあったのか？」

「い、いえ……少しぼんやりしていただけです。ここのところ、雨が多いなと思って……」

今日もまた、雨が降っていた。

あの雨の中で紅華と邂逅《かいこう》してから、四日が経《た》つ。その間、多寡《たか》や時間の差はあれど、毎日のように雨が降っていた。

確かに、龍の国には雨季があるという話ではあったが、この時期ではなかったように思う。アバッキオ商会は雨季を外して旅の計画をしていたからだ。

碧に尋《たず》ねたが、やはり季節的なものではないという話だった。ただ、こういったことはたまにあり、川が氾濫《はんらん》するほど酷くなるようならば対処するという。

そう聞いたときは、龍族が天候を操《あやつ》れるというのは本当のことだったのかと、驚《おどろ》いたものだ。

「そうだなぁ。確かにここのところ続いているな。体調は大丈夫《だいじょうぶ》か？」

気遣《きづか》うように言われて、ルーフェはゆるゆると頷く。

「ええ、問題ありません。寒いと思う前に、碧が部屋を暖めてくれていますし……」

「そうか。憂鬱《ゆううつ》だというならば雲を晴らすか？」

さらりと言われた言葉には、ただ頭《かぶり》を振《ふ》った。

別に、雨だから憂鬱なわけではない。むしろ、晴れた空の下《もと》にいるよりも、気鬱が目立たなくていいとすら思う。

「……今日明日は少し難しいが、明後日《あさって》ならば時間が作れる。またどこかへ連れて行こうか」

やさしい言葉に、ルーフェは唇《くちびる》を嚙《か》みそうになり、ごまかすように茶杯に口をつける。

やさしくしないで欲しい。

白明がやさしい言葉を口にするたびに、子どもが欲しいだけなのではないかと詰《なじ》りそうになってしまう。

本当はこの四日間、何度も訊こうと思った。だが、もしそうだとして、白明が肯定《こうてい》することなどあるだろうか？

いや、あるかもしれない。だがそれは、三ヶ月で出て行くという約束を反故《ほご》にする気だったということになる。

普通《ふつう》に考えれば認めるはずがない。だが、否定されたところでそれを信じられるのかと言われれば……。

結局、訊いても訊かなくても同じ、いや、それによって関係性が悪化する可能性を考えれば、訊くほうがより、問題が多いとも思える。

約束は三ヶ月。残りはもう二ヶ月強だ。その間だけ、耐《た》えればいいのだ。このまま、何事もなかった振りをして……。

「気を遣わせてすみません。実は気になる書があって、少し寝不足《ねぶそく》なのです」

ルーフェはわずかに微笑《ほほえ》み、目の辺りを軽く擦《こす》る。

「雨音を聞いていると、より眠《ねむ》くて……。このあとは少し眠ります」

「そうか……。気にせずともよいから、寝台《しんだい》できちんと休め。俺は仕事に戻ろう」

「ありがとうございます」

白明が真実納得したかは分からないけれど、とりあえず表面上は繕《つくろ》われた。

「碧、すまないけれど、午睡《ごすい》を取るから一人にしてくれる？　もし起きてこないようなら夕食は抜《ぬ》いてくれて構わないから」

白明が部屋を出るのを見送って、ルーフェは碧にそう声をかける。

「……かしこまりました」

碧は少し心配そうな顔をしていたけれど、結局は頷《うなず》いてくれた。

嘘《うそ》を吐《つ》いたと思われたくなくて、ルーフェは自分で言ったとおり、寝台に入る。目を閉じると雨音がして、先日のことを思い出す。

紅華の言葉をそのまま信じたわけではない。

紅華が王妃になるだとか、地位のある龍が王妃になったほうが白明の役に立つだとかは、彼女が言っているだけという可能性もないわけではないだろうと踏《ふ》んでいた。

もしもそれが可能だというならば、二百年の間に王妃が立っていたのではないかと思うからだ。番《つがい》が現れてからよりも、現れる前のほうが、王妃の座につくのはずっとたやすかっただろう。

もちろん、今の白明が、違《ちが》う考えを持ったのかもしれないし、あり得ないとまでは言わないが……。

だから、ルーフェが考えているのは、彼女がそのあとに言ったことのほうだ。

子どもさえ生まれれば、いつでも出て行って構わない、という言葉。

どうして自分は、彼女の言葉にあれほどの衝撃《しょうげき》を受けたのか……。ルーフェはそれをずっと考えていた。

もちろん、今までは子どもができることなど考えたこともなかったから、というのはある。

その可能性があるということがショックだったのは間違いない。

だが、それが特別に隠《かく》されていたことではないのだと、よく考えてみれば分かる。

彼らの中では当たり前のことであり、最初からルーフェもそう考えていると思っていたはずだ。

最初に緑翠が逆鱗《げきりん》について説明してくれたときも、他種族でも子をなすことができるようになると言っていた。男は別だと思い込んだのは、ルーフェの先入観でしかない。

だから、白明が自分を騙《だま》していたわけではないのだ。

ただルーフェが勝手に、他《ほか》の龍《りゅう》とも結ばれることができるのに自分を選んでくれたのだと思い込んでいただけ。

そう考えると、本当に恥《は》ずかしかった。自信過剰《かじょう》にもほどがある。

白明は、王なのだ。子をなすことが第一で、それができるのがルーフェだけならば、捜《さが》すのも求めるのも当然ではないか。

悪いことなど何もない。ただ、自分がその考えにそぐわないだけで……。

そして、怖《こわ》いとも思う。

子どもを産むことなど、一度も考えたことがなかったし、自分にそんなことができるとも思えない。同時に、子どもを産んだあとも、白明が今のようにルーフェに尽《つ》くしてくれる自信もまるでなかった。

そもそもが、リンファの代わりでしかない存在なのに……。

愛したいと言ってくれた理由が、自分の思うようなものでなかったからといって、傷つくのはおかしいとは思う。

だが、こうなってみてようやく、ルーフェは自らの気持ちに気がついたのだ。

ずっと、白明を好きだと思う気持ちはリンファのものだと思っていた。求められていると知ったとき湧《わ》き上がった歓喜《かんき》はリンファのもので、だからこそ自分というものが失われる気がして怖いと思ったのだ。

しかしそれも、本当はとっくに自分の気持ちだったのだろう。

だからこそ、思うようには愛されていなかったと知って、あれほどに衝撃を受けたのだ。

「……本当に、馬鹿《ばか》だな」

子を産めるのが自分だけだという理由でも、愛されるのならば構わないではないかと、そう思う気持ちもある。

だがそれをどうしようもなく惨《みじ》めだと、感じてしまう自分がいるのだ。

予定通り、期限が来たらここを出て行くというのが、一番いいのかもしれない。

だが、それに耐えられるだろうかとも思う。

この一月《ひとつき》にも満たない期間で、自分は白明を好きになってしまったのに。これからも共にあれば、気持ちはますます募《つの》るだろう。

ここを出て行く決心が、その頃《ころ》には揺《ゆ》らいでいそうで怖い。

子を産み、役目を終えて、また自分だけが、白明を愛することになったら……今度はきっと憎《にく》んでしまう。

今すぐにここを出て行けたなら、どれほどいいだろう。

ついそんなことを考えて、ルーフェは目を閉じる。

窓の外からは、まだ雨の音がしていた……。

◆

翌日は、久し振りに晴れ間が見えて、ルーフェは王宮へと足を運んだ。

気鬱《きうつ》に見えないように気をつけて、いつも通りを装《よそお》うルーフェに、碧は少し安堵《あんど》したようだった。

書庫に着くと、借りていた書を戻《もど》し、続きを手に取る。

本当は前の巻も読めてはいなかったけれど、それを読んでいて寝不足だと言ってしまった手前仕方がない。

どうせ、こちらも頭には入ってこないのだろうし、気にしないことにする。

「ここで読んでいてもいいかな？」

書庫の奥にある椅子《いす》をさすと、碧はすぐに頷いた。

「はい、もちろんでございます。お茶の支度《したく》をいたしますか？」

「じゃあ、お願いできる？」

かしこまりましたと礼をして、碧が書庫を出る。書庫の入り口に護衛の兵が立っていることをルーフェも知っていた。だからこそ、碧も気軽にその場を離《はな》れることができるのだ。

一人になって、ようやく息が吐《つ》けた気がして、ルーフェは椅子に掛《か》けつつため息を零《こぼ》す。

そして、書を開いたのだが……。

「……これ」

中に紙片《しへん》が挟《はさ》まれているのを見て、ルーフェは軽く目を瞠《みは》る。前に読んだものが挟んだまま忘れたのだろうかと思ったのだが……。

そこに書かれていたのは、ほんの短い文だった。

――日暮れ、雨の東屋《あずまや》にて。サユース

サユース、という名に呼吸が止まった気がする。字はサユースのものではない。だが、その名を知るものは多くはないはずだ。

しかも、相手は自分がこの書の前の巻を借りていることを把握《はあく》して、ここに挟んでおいたのだと思う。

雨の東屋と聞いて思いつくのは、もちろん先日紅華たちに出会ったあの東屋だが……。

紅華とサユースになんらかの関係があるのだろうか。

彼女ならば、先日も王宮で会ったのだし、ここに紙片を挟むこともたやすいのだろうが……。

話を聞いてから判断しても遅《おそ》くはない。そもそもこれがどういう意味を持つのかも分からないのだ。

とはいえ、サユースに何かあったのだろうかと思うと、不安になる。今すぐに紅華を捜して欲しいと思うくらいだが、紙片を挟んだのが本当に紅華かは定《さだ》かではないし……。

じりじりとした思いを抱《かか》えながら、ルーフェはただ静かにときを待った。


少しここで休んでいきたい。

東屋でそう言ったルーフェに、碧は少し驚《おどろ》いたようだ。

「今日は、陛下とは夕食が別だし……奥宮にすぐに戻りたくないんだ」

「……かしこまりました。冷えるといけませんから、膝掛《ひざか》けを持って参りますね」

「ありがとう」

ルーフェが礼を言うと、碧は微笑《ほほえ》んだ。その背中が見えなくなってから、ルーフェは何かないかと東屋の中を探《さぐ》る。

だが、何かを見つけるよりも前に、東屋にその人物は現れた。

「――番様《つがいさま》」

「あなたは……」

それは、紅華ではなく、あのとき一緒《いっしょ》にいたもう一人の女性だった。確か鈴子、といっただろうか。

「足を運んでいただいたことを感謝いたします」

こんなに堂々と現れたことに驚いたが、護衛に止められなかったということは、紅華の供でなくともここまで来ることに問題のない人物だということなのだろう。

そのことに少し安堵する。だが……。

「あの、サユースに何かあったのでしょうか？」

ルーフェの言葉に、鈴子が小さく首を振《ふ》る。

「番様をお逃《に》がしするために参りました」

「え……？」

驚いて瞬《しばたた》くルーフェに、鈴子は小声で言う。

「サユースという人物が、番様のことを心配しており、迎《むか》えに来ています」

「なぜそれをあなたが……？」

「父が人族相手の仕事をしているのです。――番様は、ここを出る予定だとおっしゃいました。ですが、陛下にそのつもりはございません。少なくとも、御子《おこ》を産むまで、ここを出ることは叶《かな》いません」

鈴子は事実を突《つ》きつけるように、そう断言した。それは、ルーフェも考えなくはなかったが……。

「ですが、陛下は確かにそう約束を……」

「御子ができてもそうおっしゃいますか？　龍《りゅう》の子が宿っていると言われて、それでもここを出て行くと？」

その言葉に、ルーフェは息を呑《の》む。

確かに、子どもができてしまえば、ルーフェも一人で産む覚悟《かくご》はできないだろうし、何より白明が許さないだろう。

ルーフェは無意識に自分の薄《うす》い腹を見下ろした。ここに子が宿ってしまったら……。

「今しかないのです」

追い打ちを掛けるように言う鈴子に、ルーフェは眉《まゆ》を顰《ひそ》める。

「でも……」

そんなこと、すぐに判断できるはずもない。もちろん、できることならすぐにでもここを出たいと思っていたのは本当だ。だが、そんなことは無理だと思っていたのだ。

鈴子は、白明には約束を守る気がないかのように言ったが、だからといって自分から約束を破ることには抵抗《ていこう》がある。

「御子を産み、国母となって殺されるのでは、あまりに気の毒だと父は申しておりました」

「殺されるって……」

そんな馬鹿《ばか》なことがあるはずがない、とは言えない。実際、前世で一度殺されているのだ。

「御子が生まれたあとならば、陛下の目も番様から離れます。そうなれば紅華様の一族は、必ず成し遂《と》げるでしょう」

白明の目が離れるという言葉に、ドキリとした。それもまた、ルーフェ自身が考えていたことだったから……。

「どうかご決断ください……！」

「で、でも、ここを出ることなんてできるはずがないでしょう？」

監視《かんし》の目があるはずだ。そう思ってから、まさかと思う。膝掛けを取りに行っただけのはずの碧がまだ戻ってこないことに気づいたのである。

「そちらも今だけは押さえております。今を逃《のが》せば次はありません」

今決めるしかないのだと悟《さと》って、ルーフェは自分の胸元《むなもと》を摑《つか》んだ。

「……押さえたと言いましたが、碧は無事なんですか？」

「ええ」

その返答にほっとする。できることなら、碧に咎《とが》が及《およ》ばないようにして欲しいが……。

「――……分かりました。お願いします」

そして、苦渋《くじゅう》の末に、そう口にする。鈴子はその答えにも特に安堵《あんど》する様子はなく、何かを決意するように頷《うなず》いた。

「ただ、一筆だけ書かせてください」

これが自分の意思であることと、碧に責任がないことだけでも伝えたい。

「……今は時間がございません。移動先でお書きになったものをわたくしが持ち帰る形でよろしいのでしたら……」

ルーフェはそれでいいと頷いて、鈴子と共にその場を離れた。

どこをどう走ったのかは分からない。鈴子に導かれるまま、ルーフェは王宮を出た。

ルーフェが息も絶え絶えになっているのが分かったらしく、途中《とちゅう》で地下水路に下りてからは、少しだけ速度が落ちる。鈴子は見た目こそ華奢《きゃしゃ》な女性だが、やはり龍なだけあって、ルーフェよりもよほど体力があるようだ。

「このまま水路を行きたかったけれど……一度地上に出ます」

「すみません」

おそらく、ルーフェの体力のなさが、鈴子の予想を超《こ》えていたのだろう。ルーフェもここのところの寝不足《ねぶそく》がなければ、もう少しましだったはずなのだが、今それを悔《く》やんでも仕方がない。

「お気になさらず」

促《うなが》されるまま水路を出ると、そこは橋の下のようだった。日はとっくに沈《しず》んだのか、空には星が瞬《またた》いている。

街からは多少距離《きょり》があるのか、人気《ひとけ》は少ない。

「わたくしが龍になりますから、背に乗ってください」

「えっ」

確かに、距離を稼《かせ》ぐならばそれが一番早いのだろうが、そんなことをしていいのだろうか。

そう思ったが、それしかないと言われればどうしようもない。

鈴子はすぐさま龍に変化《へんげ》し、ルーフェをその背に乗せた。

『行きます』

くぐもった声が聞こえ、鈴子は滑《すべ》るように空へと舞《ま》い上がる。白明に比べれば一回り以上小さいが、それでもルーフェ一人くらいはまったく問題にならないようだ。

人に見つからないようにだろう、鈴子はすぐに高度を上げた。

龍になった鈴子は暗い青色をしていたから、これならば地上からはもう見えないだろう。

「……女性にこのようなことをさせて申し訳ありません」

声が聞こえるだろうかと思いつつもそう言うと、しばらくして鈴子の声がした。

『……話すつもりもなかったのですが』

くぐもった声からは、あまり感情が伝わってこない。ルーフェは相槌《あいづち》を打つのも迷って、ただ話の続きを待った。

『わたくしの名前、本当は鈴沙《りんさ》と申しますの』

「りんさん、ですか？」

『ええ。リンファ様と響《ひび》きが似ておりますでしょう？　わたくしは髪《かみ》色や瞳《ひとみ》の色がリンファ様に近かったため、多少なりとも陛下の寵《ちょう》が得られるのではないかと、父がつけたのです』

確かに、似た名前ではある。そして同時に、雨の東屋《あずまや》で会ったとき、どこかで見たことがあるような気がしたのは、リンファに似ていたためなのだと気がついた。

『陛下は、わたくしには見向きもなさいませんでした。父は酷《ひど》くがっかりして、わたくしを紅華様の侍女《じじょ》にするため、名を変え、他家に養子に出しました』

そうして空を飛びながら、鈴沙の語った半生は、やるせないものだった。

紅華の苛烈《かれつ》さに何度も辛《つら》い目に遭《あ》わされたこと。だが、紅華の侍女となったのは、紅華の家を探《さぐ》るためだったから逃《のが》れることなどできなかったということ……。

『先日紅華様がようやく番《つがい》様に接触《せっしょく》いたしましたでしょう？　あれでようやく終わりが見えたのです』

「終わり……ですか？　ひょっとして、あのあと紅華さんに何かあったんですか……？」

『いいえ。調べられはしましたし、わたくしも紅華様が番様に何を言ったのかと訊《き》かれましたが、処罰《しょばつ》を受けるまではいってはおりません。紅華様の一族は、龍族の中でも高位ですので、その程度ではとても……』

すがに胸が痛む。

「そうですか……」

よかった、とほっとする。自分に多少の失言があった程度で、人が処罰されるというのはさ
そう、思ったのだが……。

『ですから、番様を殺して、紅華様に命じられたのだと、そう証言することがわたくしの最期《さいご》の仕事なのです』

半生を語ったのと、何も変わらない、感情の見えない声で鈴沙は言った。

「……え？」

『ああ、従者の無事を訊いたあなた様ならば、気になさるかもしれませんから言っておきます。サユースという人間は無事ですから、安心してください。……そろそろよろしいですね』

「ちょ、ちょっと待ってください。殺すって、そんな何を……」

混乱するルーフェに構うことなく、鈴沙は大きく体を揺《ゆ》すり、宙返りするようにして、驚《おどろ》くほどあっさりとルーフェを背から落とした。

「っ……！」

正直、何が起きたのか分からなかった。

落ちているはずなのに、ふわりと、一瞬《いっしゅん》体が浮《う》いた気がする。

空が暗いせいもあって、自分がどれほどの速度で落ちているのか分からなかった。だが、鈴

沙の姿がみるみる遠くなっていく。

悲鳴を上げている気もしたが、耳には届かなかった。ただ、ごうごうと風の鳴る音が耳を劈《つんざ》いている。

まさか、こんな最期を迎《むか》えることになるなんて、考えてもみなかった。

正直まだ思考がついてこない。

自分が今まさに、死にそうになっていることも、それが鈴沙のせいだということも……。

本当にこのまま死ぬのだろうか？

死ぬのならば、全《すべ》てを正直に言えばよかったと、そんなことを思いつつ、意識が遠くなる。

だが……。

『――――ルーフェ‼』

名前を呼ばれ、ルーフェは目を開いた。

何が起きたのだろうかと思ううちに、背中に衝撃《しょうげき》を受け、一瞬息が止まる。

先ほどまで聞こえていた風の音が消え、死んだのかと思ったが、地面に叩《たた》きつけられたというような致命的《ちめいてき》な衝撃ではなかった。

混乱するうちに、もう一度宙に浮くような感覚がして……。

「ルーフェ！」

「ぐ……っ」

強く抱《だ》きしめられて、うめき声が零《こぼ》れる。

「無事か⁉　無事だな？　緑翠！　あの者を間違《まちが》いなく捕《と》らえよ！」

激しい怒《いか》りを込めた声は、紛《まぎ》れもなく白明のものだ。つまり、今自分を抱きしめているのも……。

「陛下……？」

信じられない思いで、ルーフェは掠《かす》れた声を零す。

「ああ……そうだ」

半ば吐息《といき》のような声で白明が肯定《こうてい》する。どうやら、自分は白明に助けられたらしい。

落下中に、受け止められたということだろう。あの衝撃は、白明の背に落ちたときのものだったようだ。

それが分かった途端《とたん》、安堵《あんど》のためか、それとも強い締《し》め付けによる酸欠のためか、ルーフェは再び意識を失ったのだった……。


扉《とびら》が閉まる音がした気がして、ルーフェはそっと目を開けた。

夜なのだろうか。暗い室内にはいくつかの明かりが灯《とも》されている。

「起きたか？」

ルーフェが身じろぐと、すぐに金色の目が、ルーフェの顔をのぞき込んできた。

「……陛下？」

ルーフェの問いに、険しかった表情がわずかに緩《ゆる》んだ。

「ここは……」

「奥宮の一室だ」

「奥宮の……？」

見覚えのない部屋な気はしたが、ルーフェが使っている場所など一部に過ぎない。いつも使っているのとは別の、寝室《しんしつ》なのだろう。

「人族の医者が言うには、ただ寝《ね》ているだけだということだったが……。気分はどうだ？」

「平気です……」

気持ちが悪いとか、痛いとか、そういうことはない。そう思ってからどうして自分は気を失ったのだろうと思う。

そして、ようやく何があったのか思い出した。

「そうだ……俺、高いところから落ちて……」

「落ちたのではない。落とされたのだ」

白明は再び険しい顔になって、そう言い直す。

確かに、鈴沙の言葉からして、殺されかけたのだと思うが、前世の刺殺《しさつ》に比べると殺意が薄《うす》すぎて実感がない。

しかも直前まで彼女の身の上話を聞いていて、あんな展開になるなど予想もしていなかったのだ。とはいえ、おそろしくなかったわけではない。落下中のことを思い出せば身が震《ふる》える。いくら体が丈夫《じょうぶ》になったといっても、あの高さからでは助かるまい。

白明が間に合わなければ、本当に、死ぬところだったのだ。

「あのものについての尋問《じんもん》は緑翠に任せてある。だが――」

白明は言いながら寝台に乗り上げ、両手をルーフェの顔の横に置いて真上からのぞき込んだ。

「そなたからは、俺が聞くべきだろうと思ってな」

炯々《けいけい》と光る目には間違いなく怒りがこもっている。ルーフェは血の気が引くのを感じた。

鈴沙がすでに言ったのか、ルーフェが自らの足と意思で王宮を出たことを、白明は知っていたらしい。

「約束を違《たが》えた責任をどう取ってもらうか、迷うところだが……その前に何か申し開きはあるか？　他《ほか》でもない番《つがい》の言葉だ。聞く耳くらいはある」

そう言いながらも今にも射殺しそうな目を向けられて、それでもルーフェはなんとかその目を見つめ返した。

ルーフェの心持ちは、すでにこの王宮を出たときとは変わっている。

それはここを出て行きたくないという意味ではなくて、自分の中で完結させず、傷つくのを承知で全てを白明に話し、真意を問うべきだったという意味だ。

死にゆく瞬間に自分が何を思ったかも、ルーフェはもう思い出していた。

「……陛下はどうして」

自分をそばに置いたのかと尋《たず》ねようとして、そんなのは尋ねるまでもないことだと思い直す。自分がここに連れてこられたのは、リンファの生まれ変わりであり、白明の番だったからだ。

自分が訊きたいのはもっと……。

「……子を産めば、俺は去れるのでしょうか？」

「……なんと？」

ルーフェの言葉に、白明が怪訝《けげん》そうな表情を浮かべる。

「陛下の子を産めるのは、俺だけなのでしょう？　ならば、望み通りあなたの子を産むと言えばどうなりますか？　何人産めば、ここを出られるのですか？」

本当はもっとまっすぐに訊くべきなのかもしれない。

子を産ませるために自分をここに留《とど》めているのか。もしもそれを受け入れ、子を産んだとして、そののち自分はどうなるのか。

けれど、ここにいられるのかなどと訊《き》いて、白明の情に縋《すが》るような真似《まね》はしたくなかったのだ。自分が出て行きたいと望めば出て行けるのかと、そう訊くことが、ルーフェには精一杯《せいいっぱい》だった。

だが、ルーフェの問いを聞いた白明は、ただ愕然《がくぜん》としたように目を見開いている。

初めて見る表情に、ルーフェは戸惑《とまど》った。一体どうしたというのだろう？

白明は、ルーフェが子を産めることを知らなかったとは思っていないはずだから、それを知られたことで焦《あせ》っているというわけではないだろう。

では、ルーフェが子を産むことに前向きな発言をしたからだろうか？　それにしては、うれしそうではないが……。

「陛下？　……陛下は、俺に子を産んで欲しかったのではないのですか？　俺にしか、陛下の子は産めないから……そのために、俺をここに置いていたのでしょう？」

ルーフェは思い切って、そう訊いてみた。

白明は、ルーフェのその発言に一度何かを言おうとしたのか口を開き、それから盛大《せいだい》にため息を吐《つ》く。

「――……確かにルーフェでなければ、俺の子は産めぬ。それは事実だ」

「でしたら……」

「事実だが、俺はそのためにルーフェをそばに置いたわけではない」

「嘘《うそ》」

「嘘ではない」

思わずぽろりと転がり出た言葉に、白明は頭《かぶり》を振《ふ》った。それからもう一度ため息を吐き、覆《おお》い被《かぶ》さるようにしてゆっくりと、上掛《うわが》けごとルーフェを抱きしめる。

「俺はまた、そなたに上手《うま》く愛を伝えられていなかったようだ」

不思議と怒りは解けたのか、その腕《うで》はやさしかった。

「そなたがどうしても信じられぬというなら、子を産まなくてもいい」

白明の言葉に、ルーフェは目を瞠《みは》る。

「産んだら解放しろというなら、産ませずにずっとそばに置く」

それは、子どもを産むことよりも、ルーフェ自身が大事なのだと、そう告げる言葉だった。

「……本当に？」

「ああ、本当だ」

白明が嘘を言っているとは、不思議と思わなかった。その言葉自体が、ルーフェを騙《だま》すための手管の一つだとは、どうしても思えない。

自分は誤解していたのだろうか？

だって、これではまるで……。

「……そんなに俺のことが好きなんですか？」

「そう言っているだろう」

笑い混じりの肯定《こうてい》は妙《みょう》にやさしくて、じわりと目が潤《うる》む。

唇《くちびる》が自然と笑《え》みを刷《は》く。心の深いところから、ゆっくりと柔《やわ》らかな熱が広がって、指先まで温まっていくような気がした。

これを幸福と言うのだろうと、ルーフェは思う。

「うれしい……」

「二度と逃《に》がさぬし、ここから出さないと言ってもか？」

ここ、というのはどこなのだろう。

王宮か、奥宮か、この部屋か……それとも、白明の腕の中なのか。

分からない。けれど、そのどれであっても構わなかった。

「出したくないと、望んでくれる気持ちが本当ならば……ずっとここにいます。陛下と一緒《いっしょ》に」

それが、ルーフェの本心だった。

白明が一度ぎゅっと強くルーフェを抱《だ》きしめる。そして、ゆっくりと腕をほどき、わずかに体を起こしてルーフェを見つめた。

「ルーフェ……そなたを愛している。これからもずっと……愛し続けると誓《ちか》う」

「……はい。俺も、誓います」

ゆっくりと、白明の唇が、ルーフェのそれに重なった。何度も重ねられて、やがてそのまま舌が入り込んでくる。

「ん…っ……んぅ」

少し冷たい唇。けれど、舌は驚《おどろ》くくらい熱いと感じた。

息が苦しくて、でも口の中をくすぐられると、びくびくと体が震えてしまう。

そうして口づけを繰《く》り返しながら、白明の手がルーフェの服を脱《ぬ》がしていく。ルーフェもまた、おぼつかない手つきで白明の帯に手を伸《の》ばす。

「そなたが脱がしてくれるのか？」

どこかうれしげな声で訊かれて、頬《ほお》が熱を持つ。けれど、ルーフェは頷《うなず》いた。そして、促《うなが》されるままに白明の服を脱がしていく。

ずっと、白明に任せてばかりいたけれど、今回は今までとは違うのだと、白明に伝えたかった。

ルーフェも白明が欲しいのだと、知って欲しい。そんなことを考える必要もなく、白明にはそれが伝わっているようにも感じるけれど……。

互《たが》いに脱がし合い、全裸《ぜんら》になって肌《はだ》を重ねる。いつもより肌が敏感《びんかん》になっているような、そんな気がした。

「あ……っ」

白明の指が、ルーフェの胸の辺りを撫《な》でる。そこには、白明の逆鱗《げきりん》があった。

これがずっと疎《うと》ましくて仕方がなかったけれど……。

「これがここにある限り、そなたは俺のものだ」

「んっ」

ちゅっと、口づけられて熱が点《とも》る。

「そんなこと……言わないでください」

「うん？　――――まさかいやなのか？」

激情を抑《おさ》えたような低い声で白明が言うのに、ルーフェは頭を振る。

「いいえ……これがなくても、俺はあなたのものだと、信じて」

「ルーフェ……！」

白明は大きく目を瞠ると、ルーフェの唇に再びキスをする。思いの丈《たけ》をぶつけるような激しい口づけだった。

「ふ……ぁ、んっん……ぅっ」

息が苦しくて、頭がくらくらしたけれど、やめて欲しいとは思わない。求められることがうれしかった。

そうしてルーフェが息も絶え絶えになっている間にも、白明の手はルーフェの体を撫で、快感を与《あた》えていく。

耳朶《じだ》を摘《つ》まみ、首筋を撫で、指先がつんと尖《とが》った乳首《ちくび》へと触《ふ》れた。

「あ……っ」

ぴくんと肩《かた》が揺《ゆ》れ、口づけが解《ほど》けるのと同時に濡《ぬ》れた声が零《こぼ》れる。そこが弱い場所であることを、ルーフェももう知っていた。当然、白明も……。

「かわいらしいな」

「あ、んっ」

「こんなに尖って、触れて欲しいと訴《うった》えているようではないか？」

「ち、ちが……っ」

咄嗟《とっさ》にルーフェは頭を振る。けれど……。

「違《ちが》うのか？」

そう訊かれて、ルーフェは唇を噛《か》み、視線を逸《そ》らす。

「どうなのだ？」

小さな乳輪を辿《たど》るように指がすうっと円を描《えが》く。頷かなければ、中心には触れてやらぬと言うように……。

じれったい感覚に、ルーフェはぎゅっと目を閉じて、それから先ほどとは逆の意味で頭を振る。

「違わない……です」

「ならば、思い切りかわいがってやろう」

「ひぁっ」

きゅっと摘まれて、高い声が零れた。そのまま親指と人差し指でくるくると紙縒《こよ》りを作るように撫でられて下肢《かし》まで快感が走る。

「ああ、こちらだけでは不公平だな」

「あ、あぁっ、んっ」

指で触れているのとは逆の乳首に、ぴちゃりと舌が触れる。舌でこそぎ取ろうとするかのようにねっとりと舐《な》められて、がくんと顎《あご》が上がった。

無意識に膝《ひざ》を擦《こす》り合わせ、快感を逃がそうとする。けれど、じわじわと確実に下腹部に熱が溜《た》まっていくのが分かった。

今までも、そこが気持ちがいいと思い知らされてきたけれど、今回は今までで一番酷《ひど》い。体が変えられてしまったのか、それとも自分が白明を受け入れているからなのだろうか？

分からない。けれど、快感は間違いなくルーフェの体を溶《と》かしていった。

擦り合わせた膝の奥がもどかしく、自ら指を伸ばしそうになる。

早くそこに何かを――いや、白明を入れていっぱいにして欲しい。

奥まで、全部白明でいっぱいになりたい。

それしか考えられなくなっていく。

「へい、か……ぁ」

胸元《むなもと》にある白明の髪《かみ》を撫でると、白明はルーフェの乳首に吸い付いたまま顔を上げる。それが酷く倒錯的《とうさく》に感じて、ルーフェはとろりと瞳《ひとみ》を揺らした。

白明が口を離《はな》し、苦笑《くしよう》する。

「そんなに蕩《とろ》けた顔をするものではない。我慢《がまん》できなくなるだろう？」

「我慢……？」

「そなたの奥まで俺のものを突《つ》き入れて——ここが膨《ふく》れるまで注いでやりたくなる」

下腹を撫でられて、ぞくりとした。

けれどそれは……。

「……して」

「うん？」

「そうして、ください……ここ、いっぱいになるまで、陛下のお情けを……いただきたく」

白明の手に、ルーフェが手を重ねる。白明の手が、ぴくりと震《ふる》えたのを感じた。

視線が、合う。瞳孔《どうこう》が開いたような金色の目が、ルーフェを射貫《いぬ》くように見つめている。

「後悔《こうかい》するでないぞ」

強い情欲の滲《にじ》む声に、腹の奥が熱くなった気がして、ルーフェはほとんど無意識のうちに頷いていた。

「あっ」

白明がルーフェの足を大きく広げる。

足の間でぴんと立ち上がっているものに気づいて、ルーフェは頬を赤らめたが、すぐに白明が足の奥に顔を伏《ふ》せたことで、それどころではなくなった。

「ひぅっ」

濡れたものが、窄《すぼ》まりに触れる。それが、白明の舌であることに、すぐに気がついた。

「んっ、あ、だめ……っ、そんな、ところ……っ」

ぴちゃりと音を立てて、舐めほぐされていくのを感じて、ルーフェは白明の顔に手を伸《の》ばす。

そんな場所を白明に舐めさせるなんて、とんでもないことだと思ったのだ。

「陛下……っ、だめ、です…汚《きたな》いから……っ」

けれど……。

「あ、あぁ……」

だめだと思うのに、堪《たま》らずそこがひくついてしまう。

押しのけようと伸ばしたはずの手は、ただ白明の髪をかき混ぜるだけになっていた。それどころか、舐められるたびに膝がぎゅっと白明の顔を挟《はさ》み込んでしまう。

まるでもっとと強請《ねだ》るようで……酷くはしたないことをしている気がするのに、やめられない。

「ひ、んぅっ、あっ、あぁ……っ」

濡れた場所に、指が入り込み、中を広げるように動く。だが、舌が離れたことにほっとしたのはわずかな間だった。

「ああ……っ」

二本の指で広げられた穴に、再び舌が入り込んできたのである。

「ひ、やっ、あっ……陛下……陛下ぁ……っ」

指で押し広げた場所に舌を突き入れられて、膝が震えた。

そんなに奥まで入っているはずもないのに、深くまで舐められているような感覚に酷い背徳感と快感を同時に覚える。

ようやく指と舌が出て行ったときには、ほっとした。

だが、一番欲しかったものは、まだ与えられていない。

起き上がった白明が、ルーフェの膝を掴《つか》み、足を高く持ち上げる。広げられ、舐められて、ひくひくと震える場所に熱い高ぶりが押しつけられた。

「入れるぞ」

「い、れてください……っ」

くぷりと、先端《せんたん》が潜《もぐ》り込む。

「あ、あ……」

ゆっくりと、中が満たされていく。舌はもちろん、指でも届かない場所が広げられていくのが分かる。内壁《ないへき》を擦られ、快感がじわじわと広がっていく。

やがて一番奥まで白明が入り込むと、ほうと息が零れた。確かめるように、手のひらで腹を撫《な》でる。

「ルーフェ」

白明に呼ばれ、ルーフェは視線を上げると、白明の目を見つめた。

「陛下……」

すでに快感に啼《な》かされたせいで、声はわずかに掠《かす》れている。

「白明と呼べ。そなたにだけは許される」

「……白明様」

途端《とたん》、白明が綻《ほころ》ぶように微笑《ほほえ》む。

「これからはずっと、そう呼んでくれ」

「はい……白明様」

胸の奥の一番柔《やわ》らかいところが、温かくなったような、そんな気がして泣きたくなった。

体だけでなく、心まで満たされているのだと、そう感じて……。

「……動くぞ」

「は、はい……あっ」

白明の言葉に頷《うなず》くと、すぐにとんと奥を突かれた。

「あ、あ、あっ」

そのまま何度か奥を突かれたあと、今度は浅い場所まで抜《ぬ》き出される。

「ひ、あっ、あんっ、あぁっ」

腰《こし》の動きは徐々《じょじょ》に速くなり、強い快感にルーフェはただ濡《ぬ》れた声を零《こぼ》すことしかできなくなる。

気持ちがよくて、おかしくなりそうだった。

触《ふ》れられていない前からも、とろとろと先走りが零れて腹を濡らしている。白明に縋《すが》り付くように首の後ろに腕《うで》を回すと、白明の固い腹にそれが当たって、揺《ゆ》すられるたびに絶頂を迎《むか》えそうになった。

「あ、も、だめ……ぇ……！」

きゅうきゅうと、中を締《し》め付けると、そこを割り開くように突き入れられる。快感は増すばかりで際限がない。

「白明様ぁ……っ、も、中に……出して……っ」

終わらせて欲しいと、願うように口にする。

「ああ、たんとやろう」

うっとりとした声で白明は言い、腰の動きはますます激しくなった。

「あ、ひっ、あぁっ、あ――！」

肌《はだ》のぶつかる音が響《ひび》き、やがて最も深い場所に突き込まれた瞬間《しゅんかん》、ルーフェは絶頂に達して

しまう。そうして、強く締め付けた中で、白明もまた達したようだった。

力の抜けた腕を体の脇《わき》にだらりと落とし、ルーフェは荒《あら》い息を繰《く》り返す。

「は……ん……っ」

ずるりと、白明のものが抜き出される感覚に、体を震わせる。

だが、そうして力の抜けているルーフェの体を、白明はころりと転がしてうつ伏《ぶ》せにした。

「はくめ……様……？」

「まだ足りぬだろう？」

「……え……あっ」

背後から狭間《はざま》を手で押し開かれる。とろりと中に出されたものが零れ出す感覚に、カッと頬《ほお》が熱くなった。

しかしそこに、固いものが押しつけられて、ルーフェは目を瞠《みは》る。

たった今自分の中で確かに達したはずの、白明のものはすでに固さを取り戻《もど》していた。

そして……。

「あ、あぁ……っ」

背後から、ゆっくりと入り込んでくる質量に、ルーフェは抗《あらが》うすべもなく震える。

のしかかられて、逃《に》げ場もないままに中をかき混ぜられて……。

中を突《つ》かれるたびに、ぐちゅぐちゅと濡れた音がするのは、先ほど出されたものが零れているからだろう。

「これでは、いつになれば中をいっぱいにできるか、分からんなぁ」

耳元で楽しげに言う白明に、ルーフェは自分の失言を悟《さと》ったが、もうどうすることもできなかった……。

◆

以前、商人から買った便箋《びんせん》を前に、ルーフェは小さくうなり声を上げていた。

王の執務《しつむ》室の奥にある小部屋に、午後の日差しが入り込んでいる。部屋の主である白明は仕事中であり、室内にはいない。

ルーフェが出奔《しゅっぽん》した日から三日。

その間ほとんど白明はルーフェと共におり、あの部屋を出ることすらほぼなかったが、さすがに王が執務を投げ出すのは限界があったようだ。

緑翠からの再三の呼びかけに、白明は重い腰を上げ、ルーフェ自身もようやく寝台《しんだい》を出ることができた。それまでずっと、食事ですら寝台の上で摂《と》らされていたのだ。もちろん、それが白明の望みならばルーフェに異論はなかったけれど。

とはいえ、よほど離《はな》れがたかったのか、ルーフェは執務室の奥にあるこの仮眠《かみん》もできる休憩《きゅうけい》用の部屋まで連れ出されていた。

書き物机と椅子《いす》、横になることもできるような柔らかい布張りの長椅子とテーブルだけの、小さな部屋だ。

そこで、ルーフェは手紙を書いていた。

手紙の宛先《あてさき》は、サユースと、家族である。

まず、サユースへは、白明の下《もと》に番《つがい》として残ることにしたこと、結局退職することになってしまい、迷惑《めいわく》と心配をかけたことに対する詫《わ》び、今までの礼などをしたためた。

だが、問題は家族のほうだ。

ルーフェは貧乏男爵《びんぼうだんしゃく》家の三男とはいえ貴族であり、実家を出てはいても縁《えん》が切れているわけではない。勝手に別の国の、しかも王の番などというものになることはさすがに問題がある。

この際、貴族籍《せき》から外してもらったほうがいいかもしれない。レン王国では、平民ならば国外で結婚《けっこん》することも自由とされている。

まずはそれを両親に相談するべきか……。

再びうなり声を上げていると、お茶を新しくするために碧が部屋に入ってきた。

三日前、碧は一度捕《と》らえられてしまったらしいのだが、ルーフェの懇願《こんがん》があって、こうして無事に側仕《そばづか》えへと戻ってくれている。

ちなみに、鈴沙に関してもルーフェは助命を嘆願《たんがん》した。それは受理されたが、鈴沙の実家や養子先の家、また紅華の一族に関してもまだまだ調べることがあるようで、結果は出ていない。

もちろん、ルーフェとしても自分に関すること以外に、鈴沙になんらかの余罪があるようならば、その件に関して横車を押すつもりはなかった。

だが、一応は白明とルーフェの婚姻《こんいん》による恩赦《おんしゃ》を与《あた》えることは可能だろうという話は聞いている。

「何か悩《なや》み事ですか？」

「うーん……実はね」

冷めてしまったお茶をカップごと新しいものへと替《か》えてくれている碧に、手紙の内容について話す。もちろん、それで解決すると思ったわけではなく、話すことで考えを整理しようと思ってのことだったのだが……。

「それでしたら、宰相《さいしょう》閣下にご相談なさるのがよろしいかと思います」

「緑翠様に？」

「政《まつりごと》にも関係のあるお話ですから……よろしければ、こちらにお呼びいたします」

確かに、家族と方針を決めたところで、問題があるようでは困る。

「じゃあ、悪いけどお願いするよ。急がなくていいと伝えてくれる？」

「かしこまりました」

ルーフェの言葉に碧は微笑んで頭を下げると、一旦《いったん》部屋を出て行った。

温かいお茶に手を伸《の》ばし一口飲むと、ルーフェは書き上がったサユース宛《あ》ての便箋を折りたたみ、封筒《ふうとう》へと入れる。

すると、そこに緑翠を伴《ともな》った碧が戻ってきた。

隣《となり》で白明と共に仕事をしていることは知っていたが、それにしても随分《ずいぶん》と早い。ルーフェは驚《おどろ》いて目を瞠った。

「ご相談がおありとのことでしたが」

「ええ、でも、今大丈夫《だいじょうぶ》なんですか？」

「ちょうど手の空いたところでしたので」

それならばとルーフェは頷《うなず》き、家の事情について説明する。

「なるほど……。そういうことでしたら、その件は私にお任せいただけますか？」

「いいんですか？　もちろん、俺としてはありがたいですが……」

あまりに話が早く、戸惑《とまど》いつつそう言ったルーフェに、緑翠が頷く。

「ちょうどレン王国とも話をしておきたいと思っていたところです。陛下とルーフェ様の婚姻に関しては、国家間の話になりますから」

「では、よろしくお願いします。家族には、先に婚姻に関して伝えても問題はありませんか？」

「ええ、もちろんです」

婚姻に関しても、必ずルーフェの家族にいいように取り計らうと確約されて、ルーフェはほっと胸を撫《な》で下ろした。

「何から何まで、ありがとうございます」

「いいえ、全《すべ》て陛下のご指示です。以前にも申しましたが、ルーフェ様の望むように全て取り計らうようにと、言われていますので」

確かに、それはここに来たばかりの頃《ころ》にも言われたことだった。

だが、今はそれが妙《みょう》に照れくさい。

「それに、お礼を申し上げるのは、こちらのほうです」

「え？」

ルーフェは緑翠の言葉の意味が分からず、ぱちりと瞬《しばた》く。

「ルーフェ様がこちらに留《とど》まり、陛下と婚儀《こんぎ》を行ってくださるというのですから、これくらいのことは当然だということです」

緑翠はそう言うと、本当にうれしそうに微笑《ほほえ》む。

こんな顔をする緑翠を見たのは初めてだった。だが、すぐに見間違《みまちが》いだったかと思うようないつもの真顔に戻ると口を開く。

「ところで、御子《おこ》の件について、一つだけお耳に入れたいことがございます。陛下は無理に子を産む必要はないとおっしゃったようですが、これだけは……」

そう言われて、ルーフェは頷いた。

緑翠がここまで言うのだから、それは白明にとって大切なことなのだろう。ならば、ルーフェとしても聞いておきたいところだ。

「実は、リンファ様の亡骸《なきがら》に陛下が行ったのは、禁忌《きんき》とされる術でした」

「……転生させるために行ったという術ですか？」

戸惑うルーフェに、緑翠が頷く。

「逆鱗《げきりん》は、生者に与えるならば、何も問題はございません。ですが、あのときすでにリンファ様は亡《な》くなられておりました。亡骸に逆鱗を与え、魂《たましい》を繋《つな》ぎ、転生後にも番とする術は、禁忌とされる術なのです」

龍《りゅう》の王の力をもってしても、成功が難しい術であり、禁忌とされるのは術を使うことで失われるものが大きすぎるからなのだと緑翠は言う。

「陛下はあのとき、約五百年分の寿命《じゅみょう》を失いました」

「ごひゃく……え？」

途方《とほう》もない数字に、ルーフェは一瞬《いっしゅん》思考が停止した。

「普通《ふつう》の龍であれば、全ての寿命をもってしても贖《あがな》えるかどうかという長さです。王龍は千年を生きるとはいえ、その半分を失ったことになります」

その上、白明はルーフェの誕生を二百年待った。リンファと出会うまでにどれほど齢《よわい》を重ねていたかをルーフェは知らないが、少なくともすでに七百年以上の寿命を失っていることになる。

人の身からすれば、まだ十分に長いが、逆に、六十年ほどしか生きない人に換算《かんさん》すれば、あと十八年で死ぬとも言える。

緑翠たちからすれば、その命の残りは随分と儚《はかな》く思えているだろう。

「なんで、そんな……」

「それでも陛下は、あなた様と番《つが》うことを望まれたのです」

思っていた以上に重い愛情に、ルーフェは目眩《めまい》を覚えた。

そうでありながら、ルーフェの愛を得るためならば子を望むこともしないとは、緑翠たちからすれば冗談《じょうだん》ではないといったところだろう。

それでも強く咎《とが》めるのではなく、この話をする程度に収めたのは、それだけ強く白明に言い含《ふく》められているに違いない。

「そのことをどうか、お忘れなきよう、お願い申し上げます」

愛の重さに戦慄《せんりつ》しつつも、ルーフェは頷く。

正直、子を産むことを強く忌避《きひ》しているわけではない。そのためだけに求められているのならば悲しいというだけで……。

「教えてくださって、ありがとうございます」

ルーフェの言葉が意外だったのか、緑翠は軽く目を瞠《みは》ったが、何かを口にする前に背後で扉《とびら》が開いた。

どこか不機嫌《ふきげん》そうな白明が、部屋へと入ってくる。

「人を働かせておいて、ルーフェといつまで話しているつもりだ」

じろりと緑翠を睨《にら》む白明に、緑翠は何食わぬ顔で、今済んだところです、と答える。

「ならば出て行くことだ。俺はしばし休憩《きゅうけい》する」

白明がそう言うと、緑翠は深々と頭を下げ、部屋を出て行く。部屋の隅《すみ》に待機していた碧も、手早く白明の分の茶を淹《い》れると退出していった。

二人きりになった途端《とたん》、何かを求めるように手を広げた白明にはにかみつつ、ルーフェは素《す》直《なお》にその懐《ふところ》に抱《だ》かれる。

「……お仕事お疲《つか》れ様です」

「うむ」

白明は満足気に頷くと、ルーフェを抱き込んだまま長椅子《ながいす》に腰掛《こしか》けた。白明の膝《ひざ》の上に座らせられることは恥《は》ずかしいが、そろそろ慣れつつある。

伊達《だて》に三日間ひたすらベタベタしていたわけではない。

「ずっとこうしていたいものだ……そなたが膝にいれば、さぞかし仕事も捗《はかど》ろうに……」

白明は大きなため息を吐《は》き、ルーフェの髪《かみ》の匂《にお》いを吸い込むようにすんすんと鼻を鳴らす。

「それはさすがにちょっと……」

慣れたといっても、人前でというのはさすがに慎《つつし》みがない。そして、匂いを嗅《か》がないで欲しい。

だが、この三日で、出奔《しゅっぽん》前よりも遥《はる》かに遠慮《えんりょ》のない愛情表現をしてくるようになった白明が、ルーフェは嫌《いや》ではない。

それでも、表層に出ているのはごく一部なのではと思うような話を聞いたばかりだが……。

「あの」

「なんだ？」

ルーフェが体を離《はな》そうと胸を押すと、白明は少し不満げに顔を見つめていたが――。

「子どもって本当に俺でも産めるんですすよね？」

その言葉に、驚《おどろ》いたように目を瞠り、ぴたりと動きを止める。だが、すぐに大きく頷いた。

「もちろんだ」

むしろそなたにしか産めぬ、と言う白明に、ルーフェはそうですよねと頷く。

「どうした？　産んでくれる気になったのか？」

冗談めかしながらも、窺《うかが》うように言われて言葉に詰《つ》まり、ルーフェは白明の肩口《かたぐち》にぐりぐりと額を押しつけた。

そして……。

「陛下との子ならまぁ、悪くないかもしれないなと……そう、思って……」

ひゅっと、白明が息を呑《の》んだ。

背中に回ったままの腕《うで》にぎゅっと力がこもり、体が密着する。

「――ああ……きっと堪《たま》らなくかわいいだろう」

そう言った声が少し震《ふる》えているのを感じて、ルーフェは微笑み、そっとその背を抱き返した……。


二人の間に、卵が生まれたのは、それからわずか一年後のことだ。

まさかの卵生だったことにルーフェは驚いたが、卵から子が出てくるまでに一月《ひとつき》かかると聞いてさらに驚いた。

二人でひたすらに卵を見守り、ようやくそろそろかとなったのが昨日のことだ。

一時も離れない、卵が割れるときは絶対に一緒《いっしょ》に見守るという白明の言葉により、ルーフェは執務室《しつむ》の奥の休憩室にずっと留め置かれていた。

幸い卵を出産してから一月も経《た》っていることもあり、体はなんの問題もないから構わないし、一緒に見たいのはルーフェも同じだ。

長椅子に座り、わくわくしながらテーブルの上にある、かごの中の卵を見守っている。手には一応、時間を潰《つぶ》すための書があるのだが、まったく集中できなかった。

「早く出ておいで……みんな待っているよ」

声をかけてやさしく表面を撫《な》でる。するとまるで声に応《こた》えるように卵が揺《ゆ》れて……。

「あっ！」

ぴしりと、卵にひびが入る。

「白明様！　白明様!!」

目は卵から離さないまま、ルーフェは大きな声で白明を呼んだ。途端に、大きな音を立てて扉が開き、白明が駆《か》け込んでくる。

「生まれたか!?」

「いえ、ほら、ひびが……あっ」

中からの衝撃《しょうげき》で、小さな殻《から》がぽろりと外側に剥《は》がれ落ちる。ルーフェは思わず椅子《いす》を下り、テーブルの前に膝を突《つ》いた。

白明もルーフェを背後から抱き込むようにして、床《ゆか》に膝を突いている。ぱりぱりと少しずつ卵が割れていく。

そして……。

「……みゃ」

仔猫《こねこ》のような声がして、ルーフェは息を呑んだ。

二人の目の前で、卵から顔を出したのは、やや青みがかっているように見えるほど真っ白な龍の子どもだ。

「っ……！」

感動のあまり声もなく涙《なみだ》を流し、ルーフェはそっと、小さな龍《りゅう》の子に手を伸《の》ばした。

どこかひんやりとした体を擦《こす》り付けてくる龍の子を手で掬《すく》い上げる。白明の金と、ルーフェの濃茶《こいちゃ》を混ぜたような琥珀色《こはくいろ》の目が、ルーフェをじっと見つめている。

「かわいい……」

「ああ、本当に」

囁《ささや》くように言ったルーフェに、白明がそう言って、手の中の子を指で撫でる。それから、こめかみに唇《くちびる》が押し当てられたのを感じて、ルーフェは白明を見た。

「ルーフェ、この子を俺に与《あた》えてくれたこと、本当に感謝する。ありがとう」

胸の奥から、温かいものがあふれ出すのを感じながら、ルーフェは頷《うなず》く。そして……。

「俺も同じ気持ちです」

そう言って、綻《ほころ》ぶように微笑《ほほえ》んだ。

龍王陛下と転生花嫁〜番外編〜

夏もそろそろ終わりという頃《ころ》。

奥宮の庭にある東屋《あずまや》で、ルーフェはぼんやりと庭を眺《なが》めていた。未《いま》だ瑞々《みずみず》しい緑に輝《かがや》く庭を、涼《すず》しい風が渡《わた》ってくる。

空は少しずつ高くなりつつあったが、この地に秋が訪《おとず》れるには、もう少し時間がかかりそうだ。

背後から軽い足音がして視線を向けると、盆《ぼん》を手にした碧が入ってきたところだった。盆の上には少し汗《あせ》をかいたグラスと、菓子《かし》の皿が載《の》っている。

氷の浮《う》かんだ冷たいお茶を最初に見たときは、あまりの贅沢《ぜいたく》に驚いたものだが、氷を作ることのできる龍《りゅう》族が厨房《ちゅうぼう》にいるらしく、ここでは夏場に氷を用いることは珍《めずら》しいことでもないようだ。

「お待たせいたしました」

碧が微笑んで、それらを机に並べ始めたときだった。

みゃー、と猫《ねこ》のような声がして、ルーフェは半ば反射的に椅子から立ち上がる。

「清藍《せいらん》……」

「見て参ります」

碧がそう言ってくれたけれど、ルーフェは頭《かぶり》を振《ふ》る。

「せっかく持ってきてくれたところだったのに、すまないね」

それだけ言うと、ルーフェは息子《むすこ》である清藍がいるはずの、赤子用の寝室《しんしつ》へと足を向けた。

「王妃殿下《おうひでんか》」

「起きてしまったみたいだね」

ルーフェが扉《とびら》を開けた途端《とたん》、世話係の珀露《はくろ》という女性があわてたような声を上げた。珀露は緑翠の親戚《しんせき》筋に当たる女性で、鱗《うろこ》の色が白に近いということで抜擢《ばってき》されたと聞く。

龍族は鱗の色が近いもの同士のほうが本能的に安堵《あんど》を覚えるらしく、幼い頃は特にその傾向《けいこう》が見られるらしい。

だが、不思議と番《つがい》となるものは鱗の色が違《ちが》うものが多いというから、王家の色である白に近ければ喜ばしいというものでもないのだとか。

とりあえず、彼女は清藍だけでなく、人間であるルーフェに対しても二心なく仕えてくれる、心延《こころば》えの素晴《すば》らしい女性である。

だが……。

ルーフェは気にしないで欲しいという気持ちを込めて笑いかけ、彼女の腕《うで》を嫌《いや》がるように身を捩《よじ》っている子龍へと手を伸ばす。

先ほどまで人の姿で気持ちよさそうに眠《ねむ》っていたはずの子龍は、龍に変化してみゃうみゃうと鳴き声を上げていた。目が覚めてルーフェの姿がなかったせいだろう。龍は、赤子のうちは感情のままに人の姿と龍の姿に絶えず変化するという。通常ならば龍の姿で眠ることが多いようだが、この子龍は片親が人のせいか、人の姿を取ることが多かった。

清藍と名付けられたこの子龍は、ルーフェと白明の間に生まれた子である。

王龍は名に使う字のどこかに『月』を入れる慣習があることと、青みがかって見えるほど白い色をしていることから、清藍という名になった。

清藍の手には龍玉と呼ばれる乳白色の玉が握《にぎ》られていて、龍は皆《みな》、赤子のうちはここから栄養を摂《と》るという。龍玉が全《すべ》て吸収されるまでには、多少の個人差はあるものの大抵《たいてい》一年ほどかかるらしく、その間他《ほか》の食事は必要ない。

龍玉が消えれば、人族で言うところの離乳食《りにゅうしょく》のような軟《やわ》らかめの食事を与えることになるらしいから、龍玉というのは母乳のようなものなのだろう。

そのため、清藍に乳母《うば》というものはいないのだが、その代わりに世話係としてつけられたのが珀露だった。

だが、清藍は珀露を嫌っている様子こそないものの、ルーフェの姿が見えないと安心できないらしく、見える範囲《はんい》にいないとすぐに泣き出してしまう。そのため、日中、ルーフェはほぼ清藍につきっきりになっていた。

先ほどはようやく清藍が寝入《ねい》ったため、少しでも休憩《きゅうけい》して欲しいという碧の言葉に従って、部屋を離《はな》れたばかりだったのだが……。

「よしよし、どうした？　母さんがいなくて驚《おどろ》いたのか？」

自分を母と称《しょう》することに、正直最初はためらいがあったが、最近では慣れたものである。琥《こ》珀色《はくいろ》の瞳《ひとみ》がじっと見つめてくるのに、微笑《ほほえ》んでみせると、清藍はようやく泣き止《や》んだ。そのまま姿も人の形へと変わる。

「甘えん坊《ぼう》で困ったね」

困ったと言いながらも、笑《え》みが深くなってしまうのは、仕方がないというものだろう。

まさか、自分の子がこんなにもかわいらしいものだとは、生まれるまでは思ってもみなかった。

もっともそれは、子育てで特に大変なことの一つである、授乳が必要ないことや、自分が王妃という立場であり、子育てに多くの助力を得られていることから生まれる余裕《よゆう》のおかげもあるだろう。

たとえば、ルーフェは昼間こそ清藍についているが、夜はゆっくり休めるようにという配慮《はいりょ》もあって、ルーフェと清藍の寝室は離されている。清藍が夜に目を覚まして泣き出したとしても、ルーフェには連絡《れんらく》が来ないことになっていた。

ルーフェとしては夜もついていてやりたいところだったが、白明から許可が下りなかったのである。

それは別に、白明が清藍を大切にしていないということではない……と思う。

龍族という種族ゆえに、赤子の体調不良を案じる必要がないというのが大きな理由らしい。龍玉がなくなるまでは放《ほう》っておいても勝手に育つのだから、それまでは構わなくてもいいと言い出すほどで……。

いや、白明が清藍に冷たいわけではなく、実際のところ、龍族の子育てというのは、人族からすれば信じられないほど放任なのが普《ふ》通《つう》なのだという。

それだけ体が丈夫《じょうぶ》だ、ということなのだろう。龍族は病に罹《かか》ることがないし、危険があるとすれば外的な要因だけという状況《じょうきょう》では、世話係つきで奥宮にいる清藍の健康と安全は確保されている。

だが、ルーフェはどうしても人族としての感覚が抜《ぬ》けない。

子が泣いていればあやしてやりたいと思うし、小さなうちはできるだけついていてやりたいとも思う。

もっとも、ルーフェに貴族としての感覚があれば、白明の言うことにそれほど違和感《いわかん》を覚えはしなかっただろう。

人族であっても、貴族ならば我が子をつきっきりで育てたりはしないものだ。しかし前世、娼婦《しょうふ》の子として生まれ、娼館の女たちの手を借りて育てられたリンファの記憶《きおく》と、貧乏《びんぼう》な男爵《だんしゃく》家の三男として、乳母だけでなく父母や兄たちの愛情を受けて育った記憶が、赤子を放っておくことをよしとしない。愛情を持って、自らも尽力《じんりょく》し、子を育てたいと思ってしまう。

幸い、龍族でも番との間に子をもうけた夫婦《ふうふ》では、子育てに手を掛《か》けるものもいるらしく、奇異《きい》の目で見られるほどではない。

白明の両親は番ではなかったらしく、ルーフェが清藍を構い倒《たお》すのが解《げ》せない様子なのだけが懸案事項《けんあんじこう》ではある。

そのせいで……。

「大丈夫かな？　三日も留主《るす》にして……」

清藍のふにゃふにゃした笑顔を見つめて、ぽつりと呟《つぶや》きを零《こぼ》す。

白明や緑翠たちの強い要望があって、明日から三日間、ルーフェは白明と二人で湯治に出掛けることになっていた。

正直まだこの辺りは残暑が厳しく、温泉に浸《つ》かるには時期が早い。だが、温泉があるという別宅は北側の山にあるため、山の木々はすでに色づき始めているという。ここからは北に行くほど寒さが増すのだ。

もともと病気知らずの龍族であるから、湯治などといっても療養《りょうよう》する必要はない。それは龍の番であるルーフェも同じだ。だが、龍は湯に浸かることを好むものが多いようで、風呂《ふろ》や温泉という文化はごく普通に根付いている。ルーフェも温泉は好きだから、誘《さそ》い自体はうれしいのだが……。

「申し訳ございません。わたくしが至らないばかりに番様にご心労をおかけして……」

「えっ」

珀露の声に、ルーフェは我に返った。肩《かた》を落とす様子に、あわてて頭を振る。

「すまない、そういうつもりではなかったんだ。珀露はよくやってくれているよ。清藍も珀露のことが好きだろう？」

言いながら珀露に清藍を渡《わた》す。清藍は抱《だ》き上げるのが珀露に替《か》わっても、嫌な顔などせず笑っている。

清藍は人見知りが激しく、ルーフェや白明以外では珀露くらいにしか懐《なつ》いていない。ルーフェと共にいることの多い碧ですら、拒《こば》まれている。これはまだ目がそれほど見えているようではなかった頃《ころ》からのことで、感覚的なものだろうと聞いていた。

珀露の他にも数名、鱗《うろこ》が白に近いものが世話係として雇《やと》われているが、抱き上げられて笑顔を見せたのは珀露に対してだけだったため、他のものは珀露の補佐《ほさ》についてもらっている。間《ま》違《ちが》いなく、珀露は清藍のお気に入りなのだが……。

ルーフェは自分の至らなさを痛感し、反省する。懸命《けんめい》に勤めてくれている珀露の仕事を取るような真似《まね》をしているのだと、改めて気づかされた。

珀露のこの態度からすると、やはり清藍を置いて湯治になど行けないと言えば、ますます恐《きょう》縮《しゅく》されてしまいそうだ。

心配ではあるが、大丈夫だと龍《りゅう》族の皆《みな》が口を揃《そろ》えて言うのだ。人族の自分が否《いな》を唱えるべきではないのだろう。

それに、信じて任せることも大切だ。

「――――三日間、珀露には特に面倒《めんどう》を掛けてしまうけれど、よろしく頼《たの》むよ」

「は、はい。もちろんでございます……！」

ほっとしたようにそう言った珀露に、ルーフェは不安を押し隠《かく》し、微笑んだ。


翌日は、素晴《すば》らしい晴天だった。

空には雲一つなく、風も強くはない。絶好の旅日和《びより》だろう。

「ルーフェ、そろそろ行くぞ」

その言葉に振《ふ》り返り、白明の下《もと》へと歩み寄る。ルーフェが肩に触《ふ》れると、白明が龍の姿に変わった。ルーフェを背に乗せた白い龍が、青い空に舞《ま》い上がる。

「それじゃあ行ってくるね。清藍をよろしく頼むよ」

ルーフェの言葉に、碧と珀露が大きく頷《うなず》く。その横で緑翠が頭を下げていた。まだ朝も早い時間であり、清藍はまだ眠《ねむ》っていたためここにはいない。

もしも見送りで泣いている姿を見れば、さらに後ろ髪《がみ》を引かれただろうから、これでよかったのだろう。

白明はぐんぐんと高度を上げつつ、北へと針路を取る。白明との旅は意外なほど身軽だ。人族ならば王と王妃《おうひ》が二人きりで出掛けるなどあり得ないことだろうが、龍となれば別である。龍王である白明に勝てるものなど、地上には存在しないのだから。

荷物も特にない。温泉のある別宅に管理役の龍がいて、そちらで全《すべ》て用意してくれているはずだった。

『おそろしくないか?』

「大丈夫です」

白明の言葉に、ルーフェは笑って答える。

以前、鈴沙という龍に高所から落とされたことがあり、一時期高所が怖《こわ》かった。

ルーフェは白明の背に乗って移動できなくなるのがいやだったので、白明に付き合ってもらい、必死で克服《こくふく》したのだが、白明は未《いま》だにこうして飛ぶときは確認《かくにん》してくれる。

白明はゆったりと、空を滑《すべ》るように移動していく。晴れた空の中に浮《う》かんでいるようで、気持ちがいい。

やがて、目に入る山の木々が色づき始めた頃、視界に何かキラリと光るものを見た気がして、ルーフェは目を凝《こ》らす。

「あ！　湖！」

それは大きな湖だった。山の麓《ふもと》にある湖は太陽の光をきらきらと反射している。

湖に近付くにつれ、白明はゆっくりと高度を落とし始めた。どうやらこの辺りが目的地らしい。よく見ると、湖の中に小さな屋根が見える。

さすがに寝泊《ねと》まりするには小さいような……と思ったが、白明はその湖のすぐ横に降り立つと人の姿になった。

高低差で一瞬《いっしゅん》宙に浮いた体を、白明が抱き留めて下ろしてくれる。

湖に突《つ》き出すように、真新しい桟橋《さんばし》と東屋《あずまや》があった。上から見えた屋根はどうやらその東屋のものだったようだ。やはり、ここで寝泊まりできるようなものではなさそうだ。

不思議に思って白明を見上げると、白明は機嫌《きげん》良さそうに微笑み、ルーフェの手を引いて桟橋を渡り始める。

「昼のうちは釣《つ》りでもしようかと思ってな。以前、釣りをしたことがあると言っておっただろう？」

「龍族も釣りをするんですか？」

「するものもいるだろうが、俺はしたことがない。そなたが頼《たよ》りだ」

少し芝居《しばい》がかった言葉に、ルーフェは笑う。

東屋には竹でできた竿《さお》や魚籠《びく》、餌《えさ》の入っているらしい箱が用意されていた。それとは別にテーブルに蓋《ふた》付きの籠《かご》があり、開けると軽食が入っている。

ルーフェは竹竿を手に取ってみた。

新品らしいそれは、しっかりとした作りで、持ち手の部分には美しい細工まで施《ほどこ》されている。どう見ても素人《しろうと》が作ったものではない。龍の国にはありとあらゆる質の高い製品が集まるし、これもきっと買い求められたものだろう。

餌は生き餌《え》ではなく、練り餌が用意されていた。釣果《ちょうか》は落ちるだろうが、扱《あつか》いやすいのは間違いない。

「子どもの頃にやったきりなので、釣れるか分からないですけど」

とは言ったものの、おそらく釣果を期待しての釣りではないだろう。案の定、白明は気にしなくていいと頷いた。

用意されていた椅子《いす》へと並んで座り、釣り針の先に練り餌をつける。

椅子の背もたれには柔《やわ》らかいクッションが置かれており、うたた寝をしろと言わんばかりだ。

しかし……。

「わっ、あ、引いてます。竿をあげて……！」

「こうか？　おお！　釣れたなぁ」

考えていたのとは違い、なんと魚は入れ食いだった。その後も釣り針を投げ入れるたびに魚がかかった。まさか、水の中に魚をつける係が潜《ひそ》んでいるのではないだろうなと疑うほどだったが、そんなはずもない。

ここで釣りをするものが誰《だれ》もいないせいなのだろうか？　分からないが、思っていたよりもずっと忙《せわ》しない釣りになった。だが、徐々《じょじょ》にその状況《じょうきょう》がおかしくなって、笑えてくる。

やがて二人ともこれ以上魚を捕《と》っても仕方ないという結論に達し、餌をつけない釣り糸をいたずらに水面に垂らしてぼんやりしつつ、軽食を摘《つ》まんだ。

釣った魚のほうは魚籠に入れたまま、水に浸かっている。あとで誰か回収に来るのかもしれない。人気《ひとけ》などまるでないように感じるが、食事などの支度《したく》をするものが近くにいるはずだ。

「……久しいな」

聞かせようとしたわけではないのだろう。白明の口からぽつりと零《こぼ》れた言葉に、ルーフェはハッとする。

それが、どういう意味なのか、ルーフェにもよく分かった。

こんなふうに、二人きりで過ごすのは、本当に久し振《ぶ》りのことだったから。

夜は二人で過ごしていたが、時間に余裕《よゆう》がある夜ならば抱《だ》き合っていたし、そうでない夜は白明の訪《おとな》いが遅《おそ》かったり、翌朝が早かったりと、それほど時間のない夜だった。

そして、昼間のルーフェは清藍についていて、白明と二人ということはほぼない。

その日にあったことを話すくらいの時間はあったが、ただ笑い合ったり、沈黙《ちんもく》を楽しんだりするような、そんな時間はここのところずっとなかったのである。

謝るようなことではないとは思う。けれど、こんな時間を自分だって愛しているのだ。

それは知っていて欲しい。

「……連れてきてくれて、ありがとうございます」

結局、そう口にしたルーフェに、白明はただ、うれしそうに微笑んでくれた。


そのあとは山の中をそぞろ歩き、赤くなり始めた木々の景色や、木通《あけび》などの果物を楽しんだりしつつ今夜からの宿になる家へと向かった。

久し振りにたくさん歩いて足は少しだるかったけれど、このあと温泉に入るのだと思ったら気にならない。何度か、飛んでいこう、もしくは抱《だ》いて運ぼうと言った白明の言葉を断ったのはルーフェである。その代わりに手を繋《つな》いだ。

山の中の別宅は、見事な庭を擁《よう》した美しい建物だった。こぢんまりとした木造の家は、山の自然に溶《と》け込むように調和している。

中に入ると新しい木の匂《にお》いがして、まさかと思って確認したところ、最近になって建てたものだという。そういえば東屋も新しかった。

「温泉が好きだと聞いて、すぐに取りかからせたのだ」

確かに好きだと言ったが、まさかそれでこんな場所に家を建ててしまうとは思わないではないか。その上、桟橋と東屋まで……。

思わず頭を抱《かか》えそうになったルーフェだったが、龍《りゅう》の国の王ともなれば大したことではないのかもしれないと思う。

もう一年半近く一緒《いっしょ》にいるというのに、その辺りの感覚は掴《つか》めないままである。龍の国では王妃は国政に参加しないため、国の経済などについても学ばされていなかった。

ルーフェとしては、それでいいのだろうかと思うのだが、どうやら王龍というのは白明に限らず代々悋気《りんき》が強く、番《つがい》をあまり人目に晒《さら》したがらないのだという。

式典などに参加するのも、特別なものがない限りは年に多くて四回。ルーフェは妊娠《にんしん》、出産などもあったため、婚姻《こんいん》後の盛大《せいだい》な祝いの席を最後に、一度も顔を出していなかった。

次に顔を出すのは、清藍のお披露目《ひろめ》のときだろう。王龍のお披露目は、龍玉が消えてからというのが習わしだと聞いているので、まだ少し先のことになる。

ほとんど軟禁《なんきん》ではと思わなくもないのだが、それほど不満はない。

前世のこともあるし、ルーフェ自身も一度殺されかけたことがあるので、心配をかけたのは自分だと思うと、どうにも咎《とが》められないのである。

なにより、白明が常にルーフェのことを考えてくれていることは間違《まちが》いないいし、それどころかルーフェのためならば、ルーフェが白明から離《はな》れるようなこと以外は大抵叶《たいていかな》えてしまうのだということも分かっていた。

まぁ、それだからこそ、あまりこれが欲しいというような望みを口にしないようにはしていたのだが……。まさか別邸《べってい》とは。

しかし、もう作ってしまったものは仕方ない。

「……とても、いい家ですね」

むしろここを気に入ったということを伝えて、休暇《きゅうか》といえばここに来るというようにするほうが建設的だろう。

とはいえ、世辞というわけではない。

自然を活《い》かした庭は美しく、窓からは先ほどの湖が見えた。水面に紅葉の映るその景色が素《す》晴《ば》らしいことは、言うまでもない。建物の中はそれほど広くないが、旅の宿のようで趣《おもむき》があった。

「こぢんまりしているところもいいですし……」

大邸宅を建てられたらたまらないというのもあったが、これも本心である。だが……。

「昔は、先代や先々代の建てた別宅が皆《みな》小さい理由が分からなかったが、自分で建てようと考えたら自然とそうなった。そなたと二人で、卵の中にいるように過ごしたいと、そう思ってな」

返ってきた言葉に、ルーフェは思わず頬《ほお》を引きつらせる。

「そ、そうですか……」

　こんな場所でもまた、ルーフェを囲っておこうとしているらしい。

　王龍というのはこれだから、と思ってから、まさか清藍もこうなるのだろうかと一抹《いちまつ》の不安を覚えた。

　まぁ、それは今考えても仕方あるまい。

「まずは少し休むか？　それとも、温泉に浸《つ》かろうか？」

「そうですね……。せっかくだし、温泉に行きませんか？」

　ルーフェの言葉に、白明は頷《うなず》いた。うれしそうな白明を見て、ルーフェもうれしくなる。

　そうして連れて行かれたのは、見事な露天風呂《ろてんぶろ》だった。

　石造りの湯船自体はそれほど広くはないが、二人で入るには十分な広さだ。滾々《こんこん》と湧《わ》き出た湯が流れ落ち、生け垣《がき》の間には滝《たき》が見えた。

「すごい……」

「気に入ったか？」

「はい、もちろんです」

　そう頷いたところで、白明が何かを思い出したように思案顔になる。

「取ってくるものがある。先に入っていろ」

　なんだろうと思ったけれど、素直《すなお》に頷いた。取ってくると言うのだから、戻《もど》ってくれば分かるだろうと思ったのもある。

白明が浴室を出て行くと、ルーフェは脱衣所《だつい》で服を脱《ぬ》ぎ、さっと体を洗って湯船に入る。

「気持ちいいな……」

王宮のある地域よりも涼《すず》しい気候であることも手伝って、少し熱めの湯がちょうどよく感じる。

「清藍には少し熱いかもしれないな……」

ついそう呟《つぶや》いて、思考は王宮に残されている清藍へと向かった。

もちろん、とっくに起きている時間である。ルーフェの不在を知って、泣いているかもしれない。いや、間違いなく泣いただろうが、珀露がどうにか宥《なだ》めてくれているといいのだが……。

ついついため息が零れてしまうのは、仕方がないというものだろう。清藍が生まれてから、これほど離れたことは一度もなかったのだから……。

――大丈夫《だいじょうぶ》だろうか。

泣き疲《つか》れても体調を崩《くず》すようなことがないのは分かっている。珀露をはじめとして、皆が大切に守ってくれているだろうことも。

だが、それでもやはり心配になってしまう。

「どうした？　そのような顔をして……」

清藍を思いながら、流れ落ちていく滝をぼんやりと眺《なが》めていたルーフェは、かけられた声にびくりと肩《かた》を揺《ゆ》らした。

いつの間にか、白明が戻ってきていたらしい。手にしていた桶《おけ》を湯に浮《う》かべ、湯船に入ってくる。

桶の中には小さな杯《はい》と、徳利《とっくり》が一つ入っていた。

白明はそれらを取り出すと、ルーフェに杯を一つ渡《わた》す。温泉で酒を嗜《たしな》む文化のある国があったことをぼんやりと思い出した。どうやらそれを再現しているようだ。

ルーフェは素直に酒を注いでもらうと、今度は白明の杯に酒を注ぎ返そうとしたが、白明は「よい」と言って自分で注いでしまった。

徳利だけを桶に入れて湯に浮かべたまま手を離すのをなんとなく見つめて、杯にそっと口をつける。

「甘い……」

「米で造った酒だ」

「おいしいです」

少し白ワインに似たような後味を感じつつ、ゆっくりと飲んでいく。普段《ふだん》あまり酒は飲まないルーフェだが、嫌《きら》いなわけではない。

「それで、どうしたのだ？」

改めて問われ、ルーフェは少し言葉に迷う。だが、嘘《うそ》を吐《つ》くのもよくないだろうと、結局は思うままを口にした。

「三日も離れて、清藍は大丈夫かと思って……」

ルーフェの言葉に、白明は困ったようにため息を吐く。

「そなたがそのように案ずるからこそ、離れたのだ」

言いながら、白明はそっとルーフェの肩を抱《だ》く。ルーフェは逆らわず、力を抜《ぬ》いて白明に寄りかかった。

「子離れには早すぎます」

ため息混じりの言葉に、白明が笑う。

「そこまで離れろとは言っておらぬ。だが、龍は親とではなく、番や同じ時代を生きる龍との時間を持つべきだとされている」

「……それは……聞きましたが」

本来龍というのは非常に妊娠《にんしん》しづらいものなのだという。確かに、そうでなければこの地上は龍で溢《あふ》れ、人の暮らす土地などなくなっていただろう。

さらに、不思議なことにほとんどの龍が、次代を残すのは寿命《じゅみょう》に陰《かげ》りが見えてかららしい。

親は子と同じ時代を生きることができないというのが、龍族にとっては当然の認識《にんしき》であり『番や同じ時代を生きる龍との時間を持つべき』という言葉も、ある意味正しいと言える。

そして、その妊娠に関しては、通常ならば王龍であっても変わらない。実際、白明の父である先代の龍王《りゅうおう》と母である王妃《おうひ》も、白明が生まれたのは晩年になってからであり、リンファが亡《な》くなって程《ほど》なく亡くなったと聞いた。

白明のようにまだ二百五十年余りも寿命を残しながら、子をもうけたことが珍《めずら》しいのである。

それは、ルーフェが人間であったことが原因かもしれないと言われたが、普通《ふつう》の龍族であれば、番《つがい》が人であっても妊娠時期に影響《えいきょう》はないという。今まで王龍の番が人族であった例がないため、はっきりとしたことは分からないらしい。

ルーフェに関してはリンファにかけられた禁術のことなどもあるため、何が原因なのか詳《くわ》しいことはあまり探《さぐ》られたくないという思いも一部あるようだ。

妊娠中も、おかしな問診《もんしん》や検査などは一切《いっさい》なかった。まぁ、次代の王龍を妊娠している間におかしなことをするものがいるはずもない。今後もきっと、白明が守ってくれるとルーフェは信じていた。

それに、予定よりずっと早く清藍が生まれたことで、王宮内はまるで新しい年が来たかのように明るく華《はな》やいだ空気となり、ルーフェに対する龍たちの態度もがらりと変化した。

王は素晴らしい番を得たと褒《ほ》め称《たた》えられるたびに、苦笑《くしょう》を浮かべそうになるが、前世からのことを思えばそれくらいは許して欲しいものだ。

ともかく、そういうわけで、通常の龍たちとは違《ちが》い、自分たちと清藍には時間がある。

「せっかく子どもといられる時間があるのに、そうしないのは、もったいないと思うんです」

番や同じ時代を生きる龍との時間を軽《かろ》んじてもいいというわけではなく、子ども時代だけでももう少しふれあっていていてもいいのではないだろうか。

「……そなたの言うことも分からなくはない」

白明はそう言うと体を捩《よじ》り、まっすぐにルーフェの目をのぞき込んでくる。

「だが、正直な話、俺は少なくともあと二百年はそなたと二人、睦《むつ》み合って生きていけるのだと思っていたのだ。もちろん、子に恵《めぐ》まれたことはうれしいが……二人きりの時間も大切にしたいと思うことは許されぬか？」

「許されないなんて……」

そんなことはないと、ルーフェはゆるゆると頭《かぶり》を振《ふ》る。

だが、同時に罪悪感も覚えてしまう。ルーフェとて、白明との時間は大切にしたい。実際今日もとても楽しかったし、白明がうれしそうにしているのを見て自分もうれしくなった。

けれど、もし清藍が生まれていなければ、こんな暮らし振りになっていたのかと考えるのは、とても辛《つら》いことだ。

ルーフェは清藍が本当に大切で、かわいくて仕方がないのである。

それを白明と同じように分かち合えないのは、悲しいと思ってしまう。

不思議だった。白明はルーフェ自身ではなく、ルーフェが子を産めることが大事なのだと思って絶望したこともあったというのに……。

「――清藍の存在を一時であれ忘れることは、俺にはできません」

「忘れろなどとは言わぬ。だが……こうしている間だけでも、俺のことを一番に思ってくれぬか？」

「順番など、つけられません」

白明が二番だということではない。だが、どちらもかけがえのない大事な存在なのだ。

「でも……俺は清藍が、あなたとの子だからこそ、こんなにも愛《いと》おしいんです。それではだめでしょうか……？」

懇願《こんがん》するように白明を見つめる。白明は軽く目を瞠《みは》り、それから困ったように笑うと、やがてため息を吐いた。

「そなたには敵《かな》わぬな」

苦笑しつつそう言うと、白明はルーフェを片腕《かたうで》で抱き寄せ、膝《ひざ》の上に抱《かか》え上げる。

「あっ」

落としそうになった杯は取り上げられて、桶の中に入れられた。だが、酒はすっかり湯の中にこぼしてしまい、甘い香《かお》りがわずかに鼻をつく。

「ルーフェ……清藍を一時であれ忘れぬと言うように、俺のこともずっと忘れずにいてくれる

「というとで、相違《そうい》ないか？」

「……ええ、もちろんです」

「仕方ない。それで我慢《がまん》しよう」

白明はそう言うと、ルーフェの唇《くちびる》に、自らのそれを重ねた。

「ん……っ」

「は、白明様……っ」

まさかここで？　と目を白黒させるルーフェに、白明は艶《つや》めいた笑《え》みを浮かべた。

「風呂《ふろ》でするのは初めてでもあるまい？」

「そ、そうですけど……」

だがこんなにも開放的な露天《ろてん》風呂で、というのは間違いなく初めてである。

この一年半近く幾度《いくど》となく体を重ねてきたのに、まだ初めてのことがあるというのは驚《おどろ》きではあるのだが、ごく平均的な交歓《こうかん》を望むルーフェとしては、いつまでも知らないままでもよかったと思う。

「口を開けて、舌を出せ」

「…………」

うろうろと視線を泳がせたルーフェだったが、やがて諦《あきら》めて言われたとおり口を開く。

「ん、んぅ……」

そっと出した舌に、白明のそれが絡《から》みつく。

口腔《こうこう》に舌が入り込んできた途端《とたん》、先ほどの酒の香りがしたような気がしたが、深い口づけに簡単に酔《よ》わされて、それどころではなくなってしまう。

酒にはめっぽう強いルーフェだが、白明の口づけには弱いのだ。その上、湯は熱く、これではすぐにのぼせてしまいそうだった。

「は……はぁ……」

口づけが解《ほど》けた途端、熱い吐息《といき》を零《こぼ》したルーフェを見て、白明は愛おしくて堪《たま》らないというようにその金色の瞳《ひとみ》を細める。

「あっ」

胸元《むなもと》を撫《な》でられて、びくりと体が震《ふる》えた。ちゃぷりと水面が揺《ゆ》れる。

湯のせいか、すでに赤く色づいているように見える乳首《ちくび》に中指が触《ふ》れた。

「んぅっ」

そのまま軽く押しつぶしながら円を描《えが》くように指が動くと、まるで押しつぶす力に逆らうように、乳首が尖《とが》ってしまう。

「そういえば、人は母乳で子を育てるのだろう？」

「え……」

耳元で囁《ささや》かれ、ルーフェは首をかしげる。何を言われたのか、分からなかったのだ。けれど……。

「子を産むと、ここから乳が出るのだと聞いた。本当か？」

きゅっと摘《つ》まれて、快感が湧《わ》き上がる。

「違うのか？」

答えを言うのを待つように、指は執拗《しつよう》に乳首を揉《も》む。まるで、そうすれば本当に乳が出ると思っているかのように。

「ルーフェ？」

「ん、あ……ほ、本当……っ」

ガクガクと震えるように頷《うなず》くと、ようやく指が離《はな》れてほっとする。けれど……。

「そなたがそうならなくてよかった。息子《むすこ》とはいえ、さすがにそなたのここを他《ほか》のものに吸わせるなど、考えたくもない」

「あぁ……っ」

身を屈《かが》めるようにした白明に、ちゅっ、と音を立てて乳首を吸われて、鼻から抜《ぬ》けるような声が零れる。

「へ、変なこと、言わないでください……っ」

確かに、ルーフェとて母乳が出たらさすがに驚いたとは思うが、こんな状況《じょうきょう》で言われると、少し変態くさいというか――いや、白明は決してそんな男ではないと思うのだが、どうにも居たたまれないような気持ちになる。

ちゅうちゅうと執拗に吸われ、舐《な》められ、軽く甘噛《あまが》みされて、そのたびにびくびくと体が揺れた。

こうして抱《だ》き合うときに白明が弄《いじ》るせいで、ルーフェのそこはすっかり敏感《びんかん》になってしまっていて、すぐに快感を覚えてしまうのに……。

その上……。

「ひぁっ……！」

膝に抱き上げられているせいで酷《ひど》く無防備な下半身に、白明の手が触れた。

「あ……んっ」

尻《しり》を揉まれて、後ろからすりすりと窄《すぼ》まりを撫でられたかと思うと、白明の指が中に入り込んでくる。

「あ……っ…お湯…入っちゃ……っ」

痛みはないものの、指が動くたびに、普《ふ》段《だん》とは違う感覚がして背筋がぞわぞわする。白明の言ったとおり、風呂で抱かれることは初めてではなかったけれど、これだけはどうしても慣れなかった。

指がかき混ぜるたびに、中に湯が入り込んできそうで、いつも以上にそこを締《し》め付けてしまう。

だが、きつく締め付けたそこを割り開くように、何度も指を抜き差しされて、びくびくと背中が震えた。

そうして繰《く》り返されるうちに、どんどん白明のものが欲しくてたまらなくなっていく。

「白明……様ぁ……っ」

早く、白明と一つになりたくて仕方がない。そんなルーフェの気持ちが伝わったのか、白明の唇がルーフェの胸にある逆鱗《げきりん》に触れた。

「あぁっ」

ただでさえ熱かった体が、さらに熱を持つ。指で散々ほぐされた場所が、中から溶《と》けるような、そんな気がした。

白明のものを入れてもらうために、溶けているのだとはっきりと意識してしまう。

「も、だめ……入れて、ください……っ」

とろとろになった場所に突《つ》き入れて、かき混ぜて、ぐちゃぐちゃにして欲しい。

中に出して、自分をいっぱいに満たして欲しい。

くすりと笑い声がして、指が抜かれる。

「ああ、そうしよう。――――俺もそなたの中に入りたい」

「あっ」

腰《こし》を掴《つか》むようにして、ぐいと体を抱《かか》え上げられ、ルーフェは驚いて目を見開いた。白明の頭に縋《すが》り付くように抱きつく。

まだ何か入っているような気がするそこに、白明のものが押し当てられた。

「そら、少しずつ、腰を落としてみろ」

「や、んっ……あ、あぁ……っ」

足に力が入らない。白明の腕《うで》が支えていなければ、すぐにでも崩《くず》れ落ち、全《すべ》てを飲み込んでいただろう。

けれど、体はそれこそを求めているのだと、分かっていた。

「欲しいのだろう？　これが……」

「ん、ほし……ぃ……っ、くださ……っ」

わずかに押しつけるように腰を動かされ、ガクガクと頷いた。その、途端……。

「ひ、ぁっ……あぁ――っ！」

突き上げられて太い先端《せんたん》部分が中に入り込み、ルーフェはバランスを崩した。そのまま白明の手がルーフェの腰を引き下ろす。

「あ……あ……」

深い場所まで一息に突き入れられて、強すぎる衝撃《しょうげき》に、ルーフェは目を見開いたままただ震えることしかできない。自分が中だけで絶頂に達したのだと分かる。

「ご、めんなさ……お湯、汚《よご》しちゃ……」

湯の中で放ってしまったことがまるで粗相《そそう》をしたかのように恥《は》ずかしく、泣きそうな声で謝罪する。

「気にするな。好きなだけイケばいい」

白明はむしろ楽しげにそう言うと、ゆっくりと腰を動かし始める。

「あ……っ、あぁっ」

それだけの刺激《しげき》でも、信じられないほど気持ちがいい。奥を突かれるたびに、ぞわぞわと快感が湧き上がった。

「あ、んっ、あ、あ、あっ、白明様……ぁ……っ」

揺さぶられるたびに、ちゃぷちゃぷと跳《は》ねる。いつもより中がいっぱいになっている気がするのは、入り込んだお湯のせいだろうか？

少し怖《こわ》い。けれど、それ以上に気持ちがよくて……。

「そうあまり締め付けるな。我慢《がまん》できなくなる」

「が、まん……しな、いで……」

ルーフェがゆるゆると頭《かぶり》を振《ふ》ると、白明は笑ったようだった。

「ならば、そうさせてもらおうか」

「あ、んっ！」

ずるりと中から引き抜かれ、体を反転させられる。

そのまま風呂《ふろ》の縁《へり》に腹を押しつけるような体勢にされて、後ろから白明が覆《おお》い被《かぶ》さってきた。

「ひ、あぁ……っ」

そのまま一息に奥まで突き入れられて、ルーフェは再び絶頂に達してしまう。

だが、白明は絶頂の余韻《よいん》に震《ふる》えるルーフェの体を容赦《ようしゃ》なく揺《ゆ》さぶった。

「あ、あっあっ、あぁ……っ」

激しい抜き差しに、まるでずっとイキっぱなしになっているような気さえする。苦しいくらいの快感だった。

けれど……。

「ルーフェ……っ」

白明が名前を呼ぶ声が、白明も感じているのだと伝えてくる。それがうれしくて、そのせいか、ますます快感は大きくなっていくようで……。

やがて、白明のものを中に注がれて、ルーフェは三度、絶頂に達し……そのまま意識を失った……。


その後も場所を移し、昼も夜もなく、何度となく抱き合って――――最終的に気づいたときには、ルーフェは奥宮の自分の寝台《しんだい》に寝《ね》かされていた。

「え？」

体を起こし、見回してみるが間違《まちが》いなく自分の寝室である。日が昇《のぼ》っているらしく、カーテンの隙間《すきま》から光が漏《も》れていた。

今までのことは全て夢だったのだろうかと、一瞬《いっしゅん》混乱する。

だが寝台から下りようとした途端《とたん》、かくりと膝《ひざ》から力が抜《ぬ》けた。

やはり、夢ではなかったらしい。

おそらく、ルーフェが眠《ねむ》っているうちに、白明がここまで運んだのだろう。

久し振《ぶ》りに三日三晩抱き合った体は、龍《りゅう》の番《つがい》としての頑健《がんけん》さも、温泉の効能も追いつかないほどにくたくたで……。

「腰が立たぬのだろう？　いいからもう少し寝ていろ」

背後から伸《の》びてきた腕に引っ張り上げられて、再び寝台に横たわらされる。背後から抱きしめてくる腕は当然、白明のものだ。

「でも、清藍が……」

帰ってきたのなら、せめて一目会いたい。

「まったくそなたは……」

白明の少し呆《あき》れたような声に、ルーフェは口を噤《つぐ》む。すぐに、ため息が一つ聞こえた。

腕がほどかれたかと思うと、今度は軽々と抱《だ》き上げられる。

「顔を見るだけだからな」

どうやら、清藍の寝室まで連れて行ってくれるつもりのようだ。恥ずかしいが、これは大いなる譲歩《じょうほ》だと思うと逆らう気にはなれない。

三日間ずっと二人でいたことで、白明も少しは気が済んだのかもしれなかった。

部屋を出ると外はまだ早朝らしく、随分《ずいぶん》と涼《すず》しい。こちらに秋がやってくるのももうすぐだろう。

連れて行かれた寝室で、清藍はすやすやと眠っていて、ルーフェはほっと安堵《あんど》の息を零《こぼ》す。泣き疲《つか》れた様子もなく、安らかな寝顔だ。

部屋の隅《すみ》では、珀露が頭を下げて震えている。普段《ふだん》顔を合わせているルーフェはともかく、突然《とつぜん》現れた龍王に、恐縮《きょうしゅく》している様子だ。

「珀露、三日間ありがとう」

「と、とんでもございませんっ」

ルーフェが声をかけると、珀露は顔を伏《ふ》せたまま頭を振る。

「何か問題はなかった？」

「は、はいっ」

清藍は初日こそ泣き疲れて眠るまで泣いていたが、昨日は起きても泣くことなく、珀露があやすと笑ったという。

「言っただろう？　そなたが構い過ぎなのだと」

「……それは、そうかもしれないですけど」

起きたときにルーフェがいなくとも泣かなくなったというのは、朗報だ。だが……。

「それはそれで淋《さび》しいというか……」

ぽろりと零した言葉に、白明がにこりと微笑《ほほえ》む。

その微笑みに背筋が寒くなったのは、金の目が微笑むどころか炯々《けいけい》と光っていたせいだろう。

「そうかそうか」

「あ、ええと、白明様……？」

まずいことを言っただろうかと、ルーフェは首をかしげる。

「ならばその淋しさは全《すべ》て俺が埋《う》めてやろう。……たっぷりとな」

白明はその微笑みを浮《う》かべたまま、朝のすがすがしい空気に似合わぬ艶《つや》のある声で、そう言った。

あとがき

はじめまして、こんにちは。天野《あまの》かづきです。この本をお手にとってくださって、ありがとうございます。

ようやく暖房なしに夜が過ごせるようになってきたなぁと油断しては、寒さに目を覚ましている今日この頃《ごろ》です。皆様《みなさま》はいかがお過ごしでしょうか。体調など崩《くず》されていないといいのですが……。

最近、ノンカフェインか、カフェインレスのお茶ばかり飲んでいて、今はおいしいそば茶を求めて飲み比べたり、勝手にブレンドしてみたりしています。実は昨年の春から夏にかけて、烏龍茶《ウーロン》を飲み過ぎたせいなのか、飲まないと頭痛と眠気でなにもできないようになってしまって、しばらく苦しんだので少し用心しているのです。さすがに毎日三リットルも飲んではいけない（戒《いまし》め）。

飲み物の個人的な流行が常にあって、はまっている間はどうにも同じものばかり飲んでしまうんですよね。それを考えると、現在の流行は健康にいいので長く続いて欲しいところなのですが、以前豆乳にはまった結果、飲み過ぎてじんましんが出たことがあったので、健康的だからといって油断は禁物かもしれません。やはり何事もほどほどが一番ですね……。

さて、今回は龍王《りゅうおう》の番《つがい》でありながら前世で冷遇《れいぐう》された少女が、男に転生したのち、再び龍王に番として求められて、今更《いまさら》何を言っているのか分からない……となるお話です。そりゃなる。もちろん、龍王であり攻の白明《はくめい》は、受のルーフェに許してもらうために、ずぶずぶに溺愛《できあい》していくのですが……。紆余曲折《うよきょくせつ》の果てに、二人がどうなるのか、ルーフェの選択を見守っていただけたら幸いです。

しかし、先ほど「何事もほどほどが一番」などと言いましたが、こと溺愛においては当てはまらないかも？　なんて舌の根も乾《かわ》かぬうちに思ってみたり……どうでしょうか。いずれは溺愛を超《こ》えたヤンデレも書いてみたいなと思ったりしています。

あと、転生ものは今までも書いたことがあるのですが、前世は女性だったというのは初めてで、これも一種のTSものと言えるのだろうか……と思ったりしつつ書きました。個人的には好きなジャンルだったりします。

イラストのほうは、陸裕千景子先生が描《か》いてくださいました。表紙は塗《ぬ》りがなんとも言えない背徳的な感じでめちゃくちゃ素敵《すてき》なのですが、わたしの大好きな足指が帯の下で少し見えにくいので是非《ぜひ》帯を外したイラストも見て、楽しんでいただきたいと思いました。他《ほか》にも白明の表情がとても色っぽくて見るたびにニコーってなっています。今から本になるのが楽しみです。本当にいつも素敵なイラストをありがとうございます。

デザインのほうも珍しく赤系にしてもらったのですが、世界観をよく考えてくださったデザインでありがたいなぁと思いました。あらゆる方向に感謝しかない……。

また、陸裕先生には現在『モブは王子に攻略されました。』をコミカライズしていただいています。三話目が二〇二二年四月三十日発売予定の「エメラルド春の号」に掲載《けいさい》されますので、是非よろしくお願いします。

コミカライズのほうは他にも『獣王のツガイ』『蛇神様と千年の恋』のコミックスが発売中ですので、そちらもお手にとっていただければ幸いです。

そして、担当の相澤さんには今回も大変お世話になりました。身辺がばたついていていろいろとご心配おかけしてしまい、申し訳ありませんでした。いつもお気遣《きづか》いありがとうございます。今後ともよろしくお願いします。

最後になりましたが、ここまで読んでくださった皆様、ありがとうございました。今回の本は、楽しんでいただけたでしょうか？　少しでも気に入っていただけるところがあれば、うれしく思います。いろいろと気忙《きぜわ》しい日々ですが、お体に気をつけてお過ごしください。

それでは、また次の本でお目にかかれれば幸いです。皆様のご健康とご多幸を、心からお祈《いの》りしております。

二〇二二年　三月　　天野かづき

龍王陛下《りゅうおうへいか》と転生花嫁《てんせいはなよめ》
天野《あまの》かづき

角川ルビー文庫　23173

2022年5月1日　初版発行

発行者――青柳昌行
発　行――株式会社KADOKAWA
〒102-8177　東京都千代田区富士見2-13-3
電話 0570-002-301（ナビダイヤル）
編集企画――エメラルド編集部
印刷所――株式会社暁印刷
製本所――本間製本株式会社
装幀者――鈴木洋介

ISBN978-4-04-112466-6　C0193　定価はカバーに表示してあります。

◇◇◇

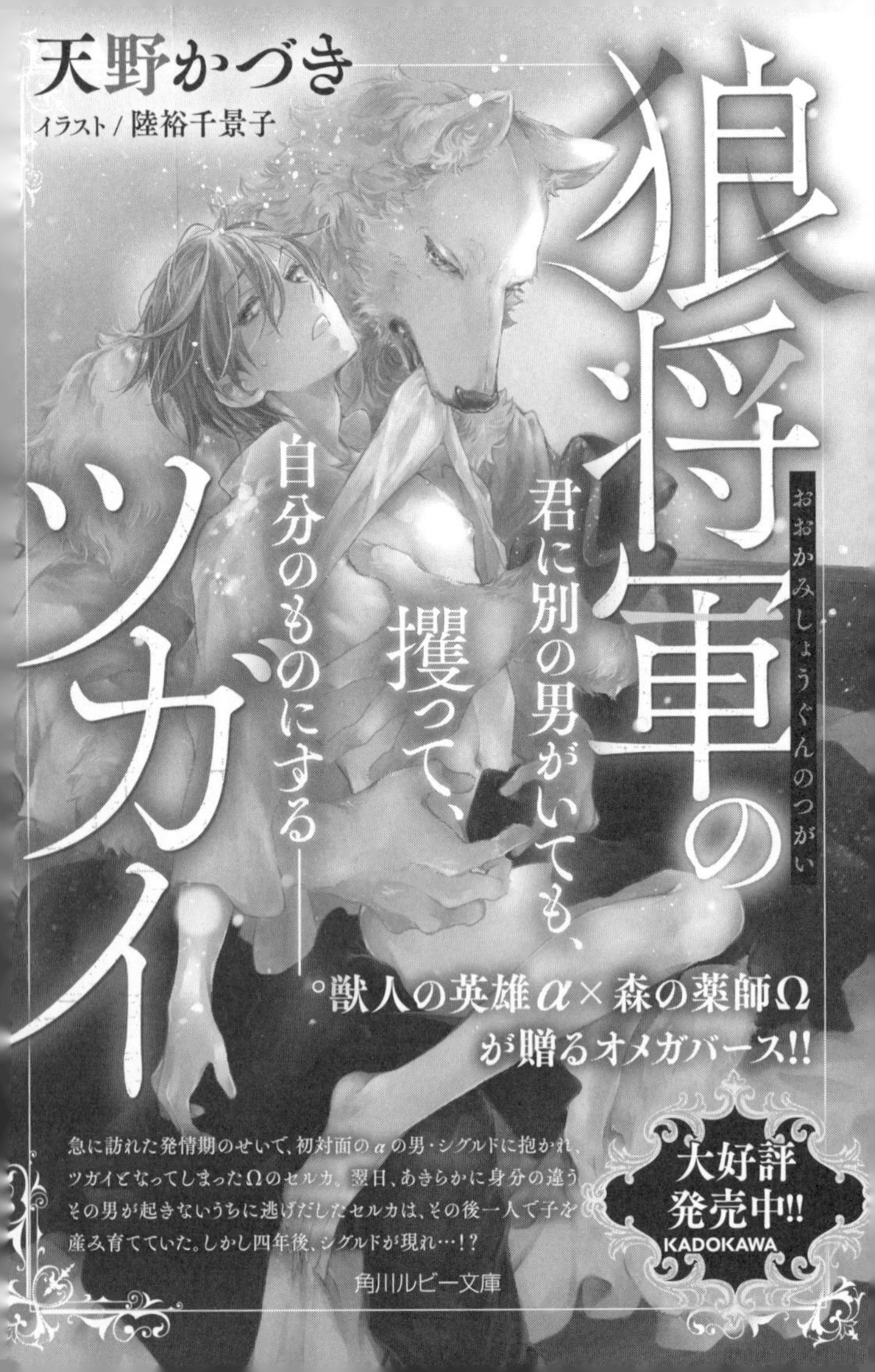

天野かづき
イラスト／陸裕千景子
狼将軍のツガイ《おおかみしょうぐんのつがい》
君に別の男がいても、
攫って、
自分のものにする――
獣人の英雄α×森の薬師Ω
が贈るオメガバース!!
急に訪れた発情期のせいで、初対面のαの男・シグルドに抱かれ、ツガイとなってしまったΩのセルカ。翌日、あきらかに身分の違うその男が起きないうちに逃げだしたセルカは、その後一人で子を産み育てていた。しかし四年後、シグルドが現れ…！？
大好評
発売中!!
KADOKAWA
角川ルビー文庫

α《アルファ》の花嫁
殿下のお情けを
いただけますか――?
天野かづき
ill. 陸裕千景子
子を産むため、αの獣人の
次期王に嫁いだのは…!?
妹を人質に取られ、獣人の国の次期王・カシウスのもとに
国の命令で嫁ぐことになったライゼ。
αであるカシウスの子を産むΩとして呼ばれたライゼだったが、
出会った瞬間にカシウスに発情し抱かれてしまい…!?
大好評発売中!!
角川ルビー文庫
KADOKAWA

KADOKAWA
角川ルビー文庫
獣王のツガイ
天野かづき
イラスト★陸裕千景子
αの獣人と
Ωの人の子との
運命の恋――。
オメガバース
異世界に召喚され「俺の子を産んで貰う」と獣人に言われた悠。
生まれて一度も性欲を感じなかったはずの体はΩに変化し、
αのそばにいるだけで発情するが…？
大好評発売中!!

KADOKAWA
野獣のオメガバース
天野かづき
イラスト★陸裕千景子
α獣人とΩ人の子との運命の恋——。
αの幼い獣人に発情したことから、自分はΩだと知ったレイン。
日本で暮らした前世の記憶があるレインは、
幼い子供に発情したことへの罪悪感や男が子を産めることに戸惑うが…？
大好評発売中!!
角川ルビー文庫

大好評発売中!!
角川ルビー
王国のΩ
Ωを手に入れた者が王となる。
αの王子と王国唯一のΩの運命の恋。
王宮で庭師として働くシャルは、ある日突如発情し、偶然居合わせたαの王子・ユリウスに抱いて貰った。そのことで自分がΩだと知ったシャルは、幼い頃から密かに想いを寄せていたユリウスをツガイに指名するが…!?
天野かづき
イラスト 陸裕千景子
KADOKAWA

角川ルビー文庫
大好評発売中!!
モブは王子に攻略されました。
――聖女が男だろうが問題ない。俺を選んで、結婚してくれ。
18禁乙女ゲームに転生☆
まさか俺がビッチな「聖女」!?
エッチをした攻略対象者に力を与えることができる
聖女として転生してしまった奈津ですが…？
天野かづき
イラスト★陸裕千景子
KADOKAWA
ちらも
しく！
魔王は勇者に攻略されました。
角川ルビー文庫
「魔王は勇者に
攻略されました。」